D1800974

Candela

Candela

Rey Emmanuel Andújar

ALFAGUARA

D.R. © 2006, Rey Emmanuel Andújar
D.R. © De esta edición:
2007, Grupo Santillana, S.A.
Calle Juan Sánchez Ramírez No. 9, Gascue
Apartado Postal 11-253 • Santo Domingo, República Dominicana
Teléfono: 809-682-1382 • Fax: 809-689-1022
www.santillana.com.do

•Aguilar, Altea, Taurus, Alfaguara, S. A. de C. V.
Av. Universidad 767, Col. del Valle
México, D. F. 03100
•Santillana, S. A.
Torrelaguna 60
28043 Madrid, España
•Editorial Santillana Inc.
P.O. Box 19-5462, Hato Rey
00919, San Juan, Puerto Rico

ISBN: 978-9945-11-183-5
Registro legal: 58-347
Impreso por Editora Búho

© Ilustración de cubierta cortesía de Francisco Rodón
  "Desnudo con paraguas" (1968-1970)
  Colección del Museo de Arte de Ponce

Primera edición, octubre 2007
Segunda edición, agosto 2008

Todos los derechos reservados. Esta publicación no puede ser reproducida, ni en todo ni en parte, ni registrada en ni trasmitida por, un sistema de recuperación de información, en ninguna forma ni por un medio, sea mecánico, fotoquímico, electrónico, magnético, electroóptico, por fotocopia, o cualquier otro, sin el permiso previo escrito de la editorial.

Índice

UNO
Aquel tiempo, el primero 13

DOS
Tatuajes de puñal 41

TRES
El tiempo marginal 81

ÚLTIMO
Desde el frente local 117

EPÍLOGO
Los damnificados 141

Estas fábulas están dedicadas a Loraine y Sandra.

*A Pastor de Moya,
para la mano con la que escribe.*

El fuego se concebía a veces como perteneciente a la región celeste. Hay un cielo llamado Ilahuiac Mamalhuazocan, «Cielo del Taladrafuegos», nombre de una constelación; y en el cielo existían las Xiuhcoalt o culebras de fuego. Del fuego, los dioses hicieron un medio sol «el cual por no ser entero no relumbraba mucho, sino poco».

Historia general de México (1976)
El Colegio de México

Eran ellos los que venían caminándote por dentro, bailando en tu recuerdo, los veías pasar por la colonia con trajes de colores, aullando con sus caracoles terribles, chifles de buey y cascabeles para la danza inacabable entre los cueros que tronaban.

"El mundo sigue, Celina"
René del Risco Bermúdez

UNO
Aquel tiempo, el primero

Mientras el chorro de sangre negra que se desliza por la cuneta llega a la alcantarilla, el teniente Imanol Petafunte recuerda, entre otras cosas, el aguacero, la tarde oscura derritiéndose en el azaroso calor, cuando de repente la lluvia, con disciplina militar, empezaba a caer desde un cielo nublado y negro como una pesadilla. El teniente no puede evitar la nostalgia generada por el agua brevemente iluminada por las luces de neón. Trata de mantenerse sereno aunque sabe de antemano a lo que tendrá que enfrentarse. Entre los curiosos, un cadáver en el pavimento.

Petafunte pregunta por el médico legista. Con indiferencia simulada observa el bulto cubierto por una sábana manchada de sangre que da la sensación de haber sido colocada más para proteger al cadáver de la lluvia que para cubrir el asunto. El agente Aceituno le aclara que el doctor ha llegado hace un rato y que subió a revisar a una muchacha en el apartamento, allá arriba. Petafunte asimila la información como si se tratara de un ejercicio de álgebra. Aceituno se marcha con las instrucciones de su superior, que procede por las escaleras inmediatamente. Respiración agitada. Una puerta entreabierta: muebles viejos, estantes con libros amontonados, flores podridas; a mano izquierda, un comedor con tres sillas y en una de ellas, Sera Peñablanca reposando con el pelo mojado y recogido, una toalla sucia tirada de cualquier manera sobre sus hombros.

—¿Cómo estamos? —suelta Petafunte a quemarropa.

El doctor Gideon evidencia la llegada del teniente y le susurra a la muchacha unas palabras de aliento a modo de despedida. Gideon posee voz fuerte, contextura delgada, gestos pausados y delicados, acordes con los de un pediatra, extraños en un hombre que se pasa la vida entre cuerpos fríos y sin vida. Tomando al teniente por un brazo, explica que el muchacho había secuestrado a la joven o algo parecido: ella dice que estaba drogado, que quería violarla, que iba a pedir una recompensa; luego se desesperó y llorando se tiró por el balcón, como loco. Petafunte busca con la mano derecha una libreta en los bolsillos del impermeable amarillo y va dejando caer unos «ajá», «muy bien», «de verdad», de una manera nada audible, como para él, para tragárselos, creérselos. Encuentra al fin la libreta y pregunta por el muchacho muerto como si él lo hubiese parido.

Gideon, mariconísimo, le presta un bolígrafo rojo y le precisa que al muerto sólo le echó un ojo, luego los agentes le indicaron que arriba quedaba una joven con la que él decidió trabajar primero porque el otro ya no iba para ninguna parte.

Petafunte nota la media sonrisa como arruga en la cara flaca y larga de Gideon. Le devuelve, junto al lapicero, una mirada seria. Da uno, dos pasos al frente para dirigirse hasta la joven, que en ningún momento ha levantado la vista. Luego voltea hacia el legista por última vez.

—Yo creía que usted sólo bregaba con muertos —señala Petafunte a Gideon, en tono de regaño.

—La muerte la conozco, me apasiona; sin embargo la vida representa algo mucho más interesante, aunque en verdad bastante triste —responde el legista para justificar su presencia al lado de la muchacha, todo ello con un marcado acento alemán.

***

Gustaff Castratte recibe la noticia de la muerte de su hermano Renato como un chapuzón en una alberca de limonada *frozen*; quizás por eso se encoge en el asiento del autobús que lo lleva a la capital, o tal vez porque en la guagua está haciendo un frío del coño y el chofer se niega a apagar el aire acondicionado. Los asientos huelen a vómito, a fritura, a niño cagado. Él se ha jurado no volver a viajar por Caribe Tours pero no había tiempo que perder; el tipo de la pensión le dijo que lo estaban llamando de emergencia, debía partir inmediatamente, algo terrible había pasado con su hermano. No atinó a preguntar el nombre de quien había llamado, no le interesaba devolver la llamada. Otra vez camino abajo, a ponerse triste mirando letreros descascarados, señoras con palanganas de semillas tostadas, mangos y pastas de dulce de leche.

Los aguaceros no paran y ya se sienten los primeros vientos. Una muchacha con menos de veinte años, preñada como de cinco meses, comienza a vomitar en el asiento del lado. «La muerte de Renato es un impacto de relámpago niquelado. Perder a un hermano equivale a que te corten una extremidad y no pudieras articular una lágrima. Tendré que enfrentarme a tu boca callada, seria. Lo absurdo de tu muerte me impide enterrarte en mi pecho». La peste a vómito se torna insoportable y la muchacha mira alrededor con ojos de que se muere, de que alguien, por favor, le regale una servilleta, de que está arrepentida. «No te puedes morir así, coño, a ti hay que levantarte en brazo de flor que amargue, llevarte a una playa». Cuando el bus se aproxima a la culta, olímpica y carnavalesca ciudad de La Vega, un borracho empieza a maldecir al gobierno, al chofer, a todo aquel que se atreva a mirarlo. Una señora se apiada de la muchacha embarazada, que cuenta su vida y sus penas, y la doña le pregunta muy evangélicamente que si cuando ella estaba singando con el papá del muchachito no pensó en nada de esto, que ella, a pesar de ser evangélica, recomendaba el uso de condones cuando la tentación de la carne superaba a la voluntad. «Cuando llegue a la ciudad tropezaré con corales, necesitaré un diluvio inequívoco y quizás así, entre llanto y pleamar, llegue a escupir el bloque de pena que crece en mi garganta». Entre los pasajeros que van hacia la capital, se encuentran los miembros de una familia boricua de Toa Baja, que viene bajando antes de tiempo desde el «fin de semana todo incluido» en Playa Dorada por el alerta de huracán; cayeron en el gancho de la porquería de autobuses de Caribe Tours porque, según les dijeron en el hotel, era más barato y seguro que alquilar un carro. No paran de exclamar «Ay bendito», y miran el vómito, y miran a la muchacha, y respiran el vómito, y cruzan una mirada entre ellos, y murmuran por lo bajo, y ven el vómito, mientras la nena, que aprecia el paisaje verde azotado por el viento, padece la resaca nauseabunda de los B52 y Kamikazes que le regalaba el morenazo que hacía de barman en la discoteca del hotel todo incluido —«qué chavienda que tengan que volverse para Puerto Rico»—, y trata de taparse las piernas porque el aire acondicionado *está cabrón* y no quiere que al cruzarlas le puedan vislumbrar el canto, su parte más húmeda; todo ello al tiempo que su madre, aferrada a una estampa de la virgen, jura y rejura en *spanglish* no volver jamás a esta isla. «Maldiciendo tu muerte, hermano, odiando la tierra que te recibe con contundente apatía, culpándome por no haber estado presente en tu última hora; de seguro fuiste hermoso, coño, en el momento verdadero y esa belleza me llena de esquinas y me convierte en un oso triste. Hoy se ha roto una promesa, pierdo a un hermano como se pierde un hijo, y no puedo llorar».

La última conversación entre los hermanos consistió en un accidente lleno de silencios. La llamada la realizó Gustaff, el mayor, esforzándose en describir el clima y hablando de nostalgias. Poesía. Cada una de sus palabras iba arropada con una leve capa de remordimiento por haber dejado a La Buela enferma, mientras Renato, del otro lado de la línea, deseaba que el hermano se acabara de ir a la mismísima mierda de una buena vez. De todas maneras Gustaff insistía en hablar y Renato claudicó, y le dio noticias de la vieja: describió con detalle la resequedad de su garganta, su sufrimiento por la reuma en las coyunturas, las fiebres que periódicamente la asaltaban, los delirios de cayenas colgando de aeropuertos que padecía en las noches de insomnio, el mareo debido a un complejo sistema «meteorológico» basado en dolores de rodillas y picazón en las cicatrices. Renato visitaba a La Buela todas las tardes para que la muchacha flaca que la cuidaba pudiera asistir a la escuela pública. De repente, en medio de dichas visitas, la vieja se iba en un viaje de insultos delirantes hacia Gustaff por lo ingrato que había salido, y al mismo tiempo, idolatraba las fotos de cuando era chiquito, vestido de marinero, las primeras fotos a color, «y mira, aquí apareces de vaquero, el cumpleaños número cuatro».

Angustiado por el reporte que escuchaba, Gustaff interrumpió el recuento de calamidades padecidas por La Buela y aburrió a Renato con un poema que hablaba de piscinas llenas de alacranes, mientras las efemérides solitarias destrozaban la inmensidad virgen de un rocío joven que apenas tartamudeaba. Luego rogó para tener noticias de Lubrini, de Candela, que en qué andaban. Del otro lado de la línea, Renato se encojonó, colgó el teléfono sin despedirse, sin mencionarle a su hermano mayor el nombre de aquella joven abogada llena de enigmas y sentimientos inéditos para él.

***

Para llegar a casa de Lubrini, Candela atraviesa con serenidad la ciudad, a pesar de que la tarde se ha llenado de cocoteros que se doblegan por el efecto de los vientos huracanados, anunciando el desastre. Fue mandada a llamar por el pleno conformado por: Doña Caridá —la madre de Lubrini—, experta en llanto sostenido; el

Sublime Coro de las Mamasijaya; y el padre —en minúscula—, personaje incapaz de opinar sobre tema alguno.

Al entrar a la vivienda, Candela se enfrenta a un escenario conocido: frascos de antidepresivos aquí y allá, manuales de remedios caseros, velas, velones, imágenes paganas de Nuestra Señora Madre del Manto Azul Estrellado y Gran Comandanta de los Ejércitos Vigilantes, diagnósticos que se repiten en voz alta como una letanía. Candela vive convencida de que Lubrini lo que en verdad necesita es un buen par de fuetazos con un güevoetoro para que deje de joder. Se aferra al olor de un pañuelo perfumado con berrón y alcanfor, sube a las habitaciones sin saludar a nadie. Entra al primer cuarto que encuentra en el pasillo, la puerta no tiene trancas y ahí comienza la magia: Lubrini, un ser insoportable enfundado en una complexión llena de músculos tensos, sin estrías, un saco de costillas, una cara volátil de ojos cadavéricos, antebrazos que van enflaqueciendo, una pelvis inservible por falta de ataque.

Candela intenta oraciones y conjuros pero una vez más se resigna a enterrar sus uñas en las paredes y abre, pudorosa, las piernas que terminan en unos pies sudados y con restos de lodo. Lubrini sale de su abstracción, susurra dolores ininteligibles. Se arrodilla frente al olor verde almirante, toca las rodillas, descubre el triángulo crespo, mientras Candela mira la cuadrícula del techo que pareciera a punto de caerse, desea navegar por entre las telarañas que soportan la pintura que se desata, se acaricia una teta dura y suficiente, tiembla, suda, la piel se le eriza conciente de que es inevitable querer morirse de placer mientras la lengua asesina, que recita poemas cubanos con acento, se agita y sabe muy allá en el fondo el daño que realiza, que ha llegado a la llaga, y por último da un lengüetazo de furia que condena a la tarde, así como al orgasmo de Candela, a morir lentamente.

Lubrini se voltea y deja correr una lágrima fina mientras observa a la morena arreglarse los pantis para irse sin decir adiós. El cuerpo aquel se queda sin música, con la boca llena de pelos. La negra culipandea, baja las escaleras deseando que por más ciclones que vengan, el vaso comunicante con Lubrini no se corte. Doña Caridá se le atraviesa antes de salir, le pone la mano en el hombro.

—Candela, por lo más sagrado, danos una esperanza —ruega la doña, con un rostro serio y triste, a la vez.

La morena recomienda comprar más velones y flores, poner horasantas en agenda y rezar todo lo que mande el Manual de Sufrimiento Interurbano. Mira al Coro de Hermanas que grita y gira sin tregua alrededor de un equipo de música puesto a todo volumen.

—Apaguen ese aparato, lo que menos necesita Lubrini es música; la música lo distorsiona todo, con este tiempo puede descojonarle el alma, dejársela en carne viva —señala la morena, tirando el portón sin mirar atrás.

Desde el ventanal Lubrini ve a Candela marcharse. Ya no puede seguir escribiendo, le han jodido la tarde. Las Hermanas empiezan a cantar merengues antiguos, sabrá el cielo de dónde coño han sacado esa música. Así nadie se puede concentrar. A este paso nunca le permitirán terminar su gran obra. Habrá que irse para el carajo, no queda de otra. Decide echar la siesta entre tanta inmundicia para dedicarse a soñar con la muerte, cositas que escribirá mañana. «Hombres sujetando un cuerpo con ambas manos. Lo desnudan como si fuese un regalo mientras cuatro muchachas hermosas para la ocasión fingen dormir seguras, repartidas entre el piso y una colchoneta. Una de ellas, abogada, pretende ser virgen por alguna estupidez; en lo adelante la abogada encarnará la increíble hija de la gran puta, tan menuda, tan diligente, tan desconocida, tan linda. Con su pelo fino y suelto hasta la cintura, prepara a un pobre infeliz para que caiga sin maromas ni acrobacias. Luego entregará la cabeza sonriente y sangrante en una bandeja de madera adornada con papas salteadas, vegetales al ajillo y una ensalada de espinacas con tomate en aderezo de miel, pasas, vinagre balsámico y aceite de oliva extra virgen».

***

Sera Peñablanca —hija de Doña Iluminada y prometida de Luciano L. Maravilla— tirita de frío en una de las tantas oficinas con aire acondicionado del Palacio de la Policía Nacional. Tiene la ropa húmeda, se encuentra un poco descompuesta pero para nada pierde el glamour de joven abogada graduada fuera del país y con dos idiomas sin acento. Para entretener el tiempo recuerda a pedazos el sueño que tuvo horas antes, cuando dormitaba en el piso del apartamento con el estúpido de Renato. Va cabalgando por un camino estrecho, sus pezones desnudos responden a las suaves corrientes de un aire tranquilo. El sol no quema. No escucha los pájaros pero sabe que la rodean, que si alguien dijera «tócalos», podría hacerlo. Llega a una pequeña fuente, ha estado allí antes, en ese mismo sueño. Sus ojos descubren un pequeño columpio de madera. Una tristeza fina como de cristal invade su sangre y en ese momento llegan Los Morenos, cuatro tipos de piel eléctrica y cuerpos brillantes. Los pocos rayos de luz que le quedan a la tarde dibujan sus músculos tensos, perfectos. Se acercan, empiezan a tocarla con una violencia que inspira ternura. Uno toma sus cabellos, mientras que otro besa la concha de su oreja, y el otro, y el otro, y el otro, y de pronto una lengua en su espalda, una boca muerde uno de sus tobillos. La levantan para que sienta las protuberancias fantásticas, la virilidad del empuje debajo del vientre, «tan quiero devorarte toda», tan caníbal y siempre quiere más duro, más, coño, más. Contundencias. El dolor se va convirtiendo en delicia mientras queda vacía en un charco de ellos por siempre. Los Morenos prenden velones alrededor de la fuente, fuman cigarrillos. Los siente aún a todos encima como la nostalgia infinita de la telaraña muerta con mosca en el columpio, cuando la luna comienza menguante a aparecer por un costado del cielo maltratado.

Imanol Petafunte toca dos veces en la puerta del capitán Rossana.

—Adelante —dice la voz, traspasando la hoja de madera que separa la oficina del pasillo. Petafunte entra, saluda y permanece de pie. El capitán, desde detrás del escritorio, hace un gesto con la mano para que el teniente descanse, mientras él cuelga el teléfono luego de asegurarle a su interlocutor «No se preocupe, señor, que yo se la mando».

Las instrucciones no admiten duda. Despacharán a la muchacha sin mucho tejemaneje. El caso está cerrado, hay asuntos más importantes en los cuales ocuparse. Petafunte tendrá que hablar con el legista para adelantar el papeleo correspondiente y entregar el cuerpo al primero que lo reclame. El capitán bebe a sorbos una taza de café recién colado mientras Imanol lo envidia.

—Sí, mi comandante, lo que usted diga —responde Petafunte deseando un trago de ese café humeante y se va por donde vino.

Se dirige a su oficina por entre los pasillos alumbrados a medias. Allí lo espera Sera, con trajecito sastre, el pelo mojado, concentrada en la foto del Presidente de la República que gobierna la oficina verde guardia. En la fotografía retocada, una banda tricolor cruza sobre su pecho, contrasta con el traje de lino blanco pasado de moda...

—En unos minutos me vienen a buscar, así que si tiene algo que preguntarme, hágalo ahora —dice Sera, reconociendo la presencia e intenciones del teniente. Petafunte sonríe por dentro, pensando qué coño es lo que se cree esa pendeja, aunque reconoce que ella puede creerse lo que le dé la gana; desde el momento en que la subieron a la patrulla se empezaron a hacer llamadas a los altos mandos y las cosas a ese nivel se arreglan muy rápido. Ella trata de intimidarlo porque entiende que sabe manejar a los hombres, lo ha aprendido con esfuerzo aunque ya hace muchos años que murió el primer hombre que ella lloró por amor, si se le puede llamar así a la cosa loca y caprichosa que la arrancaba de la tranquilidad para salir a cualquier hora hasta el peor barrio, acostarse en el catre y oler a ropa sucia, a sudor añejo, a polvo. Petafunte aprovecha los pocos minutos que le quedan y la sigue estudiando: las uñas perfectamente arregladas, las manos acostumbradas a firmar cheques y contratos, a ordenar botellas de champaña, el bracito con la cicatriz única, el cuello largo, la mata de pelo, la cadena de vellos que termina en su cuello, las tetas pequeñas... Ella se sabe observada, ha aprendido que los hombres parecen animales de gran boca, gestos y ademanes burdos, toda esa vaina para que sin anunciarse llegue una mujer nueva con largometrajes de novios pasados, historias de padrastros violadores, cualquier cosa sólo para tenerlos ahí, comiendo de la mano, enredados en las arrugas de la palma, deseando soñar encerrados en un puño delicado y dispuestos a morir envueltos en perfume y con la boca llena de pulpa de chinolas madurísimas y dejarse caer desde cualquier ángulo.

—Por supuesto que tengo preguntas: un muchacho se lanza desde el balcón de un apartamento que parece una zona de desastre... hay cosas que no me cuadran —indica el teniente sin sentarse.

—Yo no tengo nada que ver —responde la joven y provocadora abogada.

—Pues me parece que sí tiene —riposta el teniente—. El cuerpo presenta señales de evidente forcejeo, y hasta este momento usted se convierte en mi único testigo.

—Ya le dije todo al otro hombre, al legista —afirma Sera, clavándole una mirada que él no puede soportar a pesar de su intento por disimular su malestar mediante una sonrisa ancha, nerviosa.

—El doctor Gideon ya me puso al tanto de su versión, pero me gustaría escuchar de nuevo toda la historia, si no es molestia —indica Imanol, con tono pausado.

Pero cuando Sera se alista a responder «Pues sí, sí me molesta», un sargento los interrumpe, cumple órdenes del capitán Rossana: debe conducir a la joven hasta un vehículo que la espera en la entrada del edificio. El sargento también aprovecha para comunicarle al teniente Petafunte que ha llegado un sujeto, llamado Fello González, que dice ser amigo del occiso. Mientras Imanol ve marcharse victoriosa a Sera, le susurra «Que pase buenas tardes», pero ella no lo escucha, él se queda de una pieza sin poder coordinar nada. Sera lo ha dejado fuera de sitio, ella sabe que es capaz de hacer eso también. Dentro del lujoso automóvil, el olor a piel de los asientos y el control de temperatura le permiten sentirse un poco mejor, aunque no puede arrancarse la incómoda sensación de llevar por dentro el semen de un hombre muerto.

***

Gustaff llega desorientado a la ciudad. La noche ha caído hace rato. Como autómata, sube en el primer taxi que encuentra afuera de la parada de autobuses. Recita la dirección de la casa de Lubrini, sabiendo que dada la situación, lo principal es averiguar qué pasa con su hermano, pero algo le sugiere que eso ya no tiene remedio. El taxi se desliza lentamente por las calles ahogadas en lluvia. Mientras el chofer comenta el supuesto desastre climatológico que se avecina, Gustaff cree sentir el llamado del olor de Lubrini. Se siente exhausto, pegajoso. Llega frente a la casa, y mientras el taxi lo espera, toca el portón mil veces, vacía el contenido de sus bolsillos contra el ventanal, rogando, esperando, a que por casualidad Lubrini se despierte. Entra a un callejón donde impera el olor a orines. Pronuncia el nombre «Lubrini», como creyendo que por arte de magia verá su imagen en la ventana. El taxi prefiere irse, el tiempo no debe malgastarse en esperas inútiles, es necesario buscar refugio, el huracán se aproxima; pero a Gustaff aquello no le importa, quiere un cuerpo para llorar y sigue intentando, invocando el nombre que otros no pueden pronunciar. Se huele los sobacos, le va naciendo un grajo inaguantable que le genera asco propio. Resbala hasta la acera y canta tristemente un delicioso *graffiti* de sonidos, un casi silencio, una serenata masticada.

El dolor en el muñón se vuelve insoportable y con este clima puede sentir hasta las uñas de la mano que le falta. Se escuchan ladridos, los cerrojos gritan y el muchacho que se ha pasado todo este tiempo corriendo por la calle, se para atento. Aparece Lubrini, una descarga de perfume bestial.

A Gustaff le tiembla la mano que le queda, se coloca frente a frente a la mirada de ojo que se gobierna, al entrecejo de serpiente, a los brazos arqueados, a la tos de neumonía del que se muere, del que tiene las maletas listas, de ese pequeño y rotundo misterio.

—Pasa, estaba soñando contigo —dice Lubrini, clavándole los ojos.

Dentro de la casa predominan las flores secas e innumerables velas. La manzanilla burbujea en la olla, y en la despensa reposan latas de conservas como para alimentar a un ejército.

—Son provisiones por lo del huracán. Tú sabes lo exagerados que son aquí —justifica Lubrini mientras busca una toalla tibia en el mueble para secarlo. Una vez la encuentra, lo desnuda como a un hermano. Gustaff se siente extrañamente solo en medio de la sala. Lubrini ha recogido la ropa mojada y empieza a exprimirla con sus bracitos flacos.

—Será una noche larga —sentencia Lubrini, al tiempo que le entrega ropa seca a Gustaff.

Toman el té a sorbos hirvientes. Gustaff balbucea «Me encantas». Lubrini coloca un dedo en la boca del recién llegado, y sugiere que deben hacer silencio porque en el jardín duermen nardos, rosas, blancas azucenas y canta «No quiero que sepan mis penas porque si me ven llorando…». Gustaff pide mil veces perdón, es un imprudente, no debió aparecerse a estas horas, además, con esta situación. Lubrini vuelve a pedir silencio y le arrebata la taza humeante de las manos con indescriptible ternura, se inicia el preludio del amor ardiente. Parece increíble pero sudan. Lubrini agarra la tapa de una caja de zapatos para abanicar las costillas del manco, el pecho, la nuca. El sexo de Gustaff se infla, mientras que con una de sus manos Lubrini dibuja una trenza en la venerada columna vertebral; abanica y acaricia con un aire tan mágico que las velas no se agotan. Susurran, encienden un cigarrillo, otro más y otro, verde. Fuman ese olor que tanto han perseguido durante la noche. Por primera vez, Lubrini sonríe aprovechando el parpadeo continuo del vientre lozano de Gustaff; dibujan montes, raíces, alfombras de clavo dulce y canela. Hay jadeos, carcajadas, gozan como nunca, como si fuera la primera vez. De repente Gustaff rompe en un llanto indefinible, tristeza o gozo, nadie sabe. Lubrini tiene miedo, Gustaff se derrite en lágrimas.

—Si pudieras entrar aquí —dice Lubrini, tocándose el alma, las sienes.

—¿Qué has soñado? —pregunta Gustaff entre lágrimas, protegiendo su rostro con la mano que le queda como un bloque de nieve, y no hay beso que valga.

—Un sueño triste… que mueres en otros brazos —responde Lubrini.

***

Candelita de mi vida, esta noche sí está buena para escribirte como si secreteara palabras al papel. Frente a la máquina estoy taca taca taca escribiéndote para mentirme, negarme verdades algebraicas. Hombres con barba y mucha luz, mientras un grillo medio muerto entre la lluvia me recuerda los embriones. De dónde saco esta impaciencia entre tanta oscuridad, si mientras estoy aquí y me atan los brazos con correas a las orillas de esta camilla, sólo pienso en que afuera está lloviendo tan fino, tan constante, tan punzante, varillas de agua. Mañana de seguro no podré verte porque ahora me aprietan las correas. Cuero maltratando cuero. No podré verte porque a estas horas el río de lodo ha crecido tanto que ya nadie podrá salvar algo en los barrios menores por los que te escondes. De seguro con tristeza verás las cacerolas y los muebles viejos tratando de flotar pero las cosas en el lodo no flotan, Candela, tampoco flotan en las piscinas de gelatina; te falta tanto por aprender, coñazo. Tú sabes bien que te escribo porque nadie puede, mi morena de pelo malo, venir a enamorarte con nueva trova, porque tú sabes más que eso, sabes que me aprietan lo suficiente para torniquetearme ambos sentimientos y al extender las venas me agujerean en cuestión de que yo-no-pueda transmitirte el asunto, de que todo entre tú y yo se queda en el inexplicable verde de la malla ciclónica, la lágrima llena de hierba, la sombra de las dos de la tarde del músico mocho, que viene con su malabarismo de contrabajo sin soles de penitencia.

Sabes que quiero morir, pero tengo que terminar este texto. Que no sea mi muerte entonces un tema de discusión porque eso va. Te cuento que me posee una música, y eso es lo que me quieren robar. Te dejo, ahora viene el doctor Macoserio Tarántula a la sala y hace un gesto de que las cosas van para largo y ordena jeringas, guardapolvos...

Sí, mis ojos alumbran de nuevo, ya nada puede sorprenderme. Enfermeras, un batallón. Voy sintiendo el hormigueo en el brazo derecho e inmediatamente hago rendir un trozo de hielo cuando Los Cotidianos me reclaman, a voz en cuello, horizontes. Estás sola, y yo corto el suero, zafo, apago la intermitente y dolorosa noche. Quiero empezar a escribir, a creer, pero los libros me dan un asco latente.

Me da miedo (anota eso) saber que no vas a volver. Estarás ahogada, quizás horrorizada por la imagen de mi postración y el olor de esta clínica. Por favor, en nombre de Trazzao quema todo lo que he escrito porque amaneceré con ganas de pasar por esta vida como un golpe de cinta pegante... no tengas miedo, Candela,
no
tengas
miedo
croac, croac, croac
pd.
Además del coro de sapos que se ha instalado en mi ventana, la vecina ha logrado llegar con un plato de sopaboba (ajo y fideos) y me ha convencido de que le preste mi licuadora, todo lo punzante que poseo y una papaya.

Comienza a contarme la historia de que vive horrible y de que su marido es un gran homosexual y ya no viene para hacerle el amor. Llora, y yo no tengo chocolates, ni pudines de pan en la nevera, la invito a pasar y tragamos en seco, evidenciando que los grillos se han unido al coro de la naturaleza que reclama tierra, que no deja la noche en paz. Lluvia, papayas, hierba y mariconerías, todo sucede así, de manera normal y simultáneamente.

Crónicas de una llama
Cartas desde Canóvanas
Lubrini
Editorial Errante, 198 págs.

***

—¿Cuál era su relación con Renato Castratte? —pregunta el teniente Petafunte al recién llegado.

—Somo, bueno, éramo panas —responde Fello González, quien, empapado, confirma que afuera la ciudad se deja llenar de agua.

A estas horas el augurio de cañadas rebosadas en los barrios menores es un hecho. Del otro lado del río, brigadas de la Defensa Civil se esfuerzan por desalojar a la gente. Fello se sienta sin pedir permiso, no deja de pasarse las manos por el pelo, la cara. El caso, según el capitán Rossana, se cerró, aunque quedan datos que a Petafunte no le cuadran y quiere seguir indagando.

—¿Eran amigos de dónde? ¿De qué lo conocía?

—De na, de la calle —contesta el muchacho, dejándose hipnotizar por la foto del Presidente.

Usando las técnicas básicas de un interrogatorio, Petafunte indaga si está al tanto de lo que ha pasado con su amigo; el muchacho responde que las noticias vuelan.

—Dicen lo vecino que se tiró del apaltamento —apunta Fello, mientras su cuerpo empieza a helarse por el efecto del aire acondicionado del recinto.

—¿Qué motivos podría tener para suicidarse? —pregunta Imanol, mientras un sargento, que ha estado parado en atención todo este tiempo, sale raudo a buscar café para dos. Fello quiere adoptar una actitud desinteresada pero no puede ocultar que ha llorado temprano, el teniente lo nota. Hay un silencio como acción residual a la ola de frío que ataca a este Caribe fruto de tanta lluvia. El café llega. Fello toma el vasito de plástico con la mano arrugada por la humedad.

—Yo sé que él taba quitao, pero coño, no tanto como pa matarse, usté sabe —declara Fello, tomando el primer trago de café tibio.

Imanol percibe que el interrogado no puede sostenerle la mirada, empieza a sospechar; aunque luego comprenderá que los nervios del muchacho sólo eran producto de hallarse en presencia de un policía.

—¿Usted conoce a Sera Peñablanca? —pregunta Petafunte, mientras cierra los ojos por dos segundos para recordarla mejor. Fello también los cierra para evocar a la abogada y lo único que recupera de ella son sus movimientos de niña anémica y el olor de su perfume caro.

—La vi una vez... ellos tenían algo rarísimo —responde Fello, y se da el último trago de café, cerrando los ojos otros dos segundos para ver si puede retener la imagen de Sera, pero cuando los abre la figura de la mujer se ha diluido totalmente en su mente, sólo queda la foto del Presidente y el deseo de irse de ahí lo más rápido posible.

—¿A quién se le puede avisar para los trámites correspondientes al cuerpo? —indaga Imanol, conciente de que para sus superiores el caso ya está cerrado. Prueba el café, y ni aunque le paguen, se va a tomar ese bebedizo frío. Quiere poner fin al interrogatorio, el cansancio lo agobia, sabe que este rompecabezas no va a resolverse.

—Tiene una abuela en Villa Duarte; también tá Gustaff, el hermano, que creo anda pol Puerto Plata —precisa Fello, incorporándose con las manos en los bolsillos del raído pantalón.

Imanol pregunta que si esos son los únicos familiares y desecha el café en el zafacón. El sargento que lo había traído se molesta, tanto joder para no bebérselo. Fello dice que por el momento sí, porque el papá murió, una complicación con la cirrosis, tocaba la tuba en la Sinfónica Nacional y en la Banda del Cuerpo de Bomberos; él fue quien le consiguió trabajo a Gustaff tocando el contrabajo; y la mamá tenía problemas de la cabeza, estuvo interna por mucho tiempo, por eso el papá bebía y cuando a Renato le daban sus crisis no paraba de repetir «No quiero recordar».

—Y el hermano, ¿por qué se fue para Puerto Plata? —vuelve a preguntar Imanol, ansioso por salir de la oficina lo antes posible.

—Bueno, oficial, usté sabe que aquí en la capital tá caída la picada, hay que recoger y bucálsela por otro lao... él taba muy vaina aquí, atento a sinfónico y vaina, pero le entró una depresión del diablo dende que peldió la mano en el asidente.

El teniente invita a Fello a salir del Palacio de la Policía. Juntos se abren paso entre la noche que cae inevitablemente hacia una tristeza nueva. Por segunda vez en el día, el corazón le pesa, pero también sabe que debe mitigar, aprender maniobras de vuelo, calmar los animales salvajes que lleva en las costillas, alejar esa pena profunda, como si lamentara la muerte de un hermano.

***

Los silencios constituían más que una palabra para Lubrini: formaban un estilo. El oscuro placer de quedar en estado catatónico recogiendo las mejores almendras del caminito que da al Conservatorio. Estas temporadas de abstinencia verbal podían durar siglos y venir acompañados de una terrible falta de apetito, el llanto apagado, la locura instantánea, un desgarrarse de ropas y halarse de cabellos hasta que el dolor emulara una cosa tangible. Durante estos periodos, la familia de Lubrini entraba en una especie de trance, una combinación de preocupación y agonía.

Durante estas crisis escribía mucho, eso sí. Cualquier pedazo de papel o cartón pasaba a ser víctima de sus desahogos. Durante las tardes se sentaba frente a la máquina de escribir, transcribía y corregía todo. Antes de que le internaran en la clínica, era capaz de mantener conversaciones articuladas y pudo publicar tres libros, *bestsellers* de quinientos ejemplares. Luego de la crisis mayor, la familia perdió totalmente las esperanzas.

Desecharon terapeutas y sicólogos, depositando así una fe ciega en el doctor Macoserio Tarántula, quien por años fue el psiquiatra de cabecera en esta familia destinada a los antidepresivos, a largas conversaciones hasta las tantas de la madrugada. Tarántula fue quien dio el diagnóstico más acertado mientras la familia escuchaba el veredicto con la boca abierta: Lubrini no era una persona, todo Lubrini representaba sólo un músculo caprichoso, uniforme, que se daba el lujo de tantear todas las enfermedades mentales, entrar y salir de ellas como si nada hubiese pasado. Esas actitudes por sí solas formaban una patología más fuerte que todas las demás; el único peligro real era que algún día no pudiera salir de ellas. De hecho, esa clínica le generaba más daño, no recomendaba que se quedara ahí un día más... ya no tenía remedio, sería mejor que pasase sus últimos días en la casa, en familia.

  El padre expresó su acuerdo absoluto. El doctor Tarántula mintió asegurando que si Lubrini seguía al pie de la letra su tratamiento tal vez pudiese volver a las clases en el Conservatorio.

  Le dieron de alta al día siguiente. Regresó con una notable pérdida de peso, los brazos morados y una obsesión por «Playarota», un poema que andaba recitando por lo bajo con un fervor religioso. Se le llenó el cuerpo de un extraño sentimiento: la certeza de que había estado escribiendo todo su futuro. Rompió el silencio catorce días después. Empezó a gritar, se reprochaba haber dejado todo en medio del camino, su saliva, su sudor. Golpeaba su escritorio de caoba, lloraba. Frente a la ventana, gritaba que podrían llevarse todo pero nunca una gota de sus ojos marrones, estos ya habían llorado tanto para adentro que la sangre se había vuelto más salada. No quería abrazos, nadie podía tocar el cuerpo de Lubrini así por así. No quería a nadie con pensamientos secretos o poesía barata. Para acceder a su interior habría que venir incoloro, no porque lo supiese todo, sino por la certeza de que algún día, más temprano que tarde, la furia se desataría y las cuerdas se romperían, las mariposas se inmortalizarían, y los morivivíes se engañarían clorofílicamente esperando el canto de los gallos para tratar de volver en sí, sin que Lubrini se entere, sin que se dé cuenta.

***

La barra de Don Polín se llama El Viejo Vikingo. Afuera tiene un dibujo de Olafo con varias bombillas quemadas. Adentro huele a una mezcla de Café y Anais Anais de Cacharel. A través de las bocinas, Camboy Estévez jura que «esa calle al final tiene su nombre», que esa es su «calle triste», pero de inmediato su canto da paso al mambo del Cuco que pregona «Yo no sabía -cumandé- que usté bailaba, yo no sabía -cumandé- que usté bailaba -cumandé- por eso yo -cumandé- no lo invitaba -cumandé-». Ese ruido despierta a uno de los pocos clientes que duerme el jumo en una mesa llena de colillas y sobresaltado dice «Me gusta esa vaina, demonio».

Desde la esquina, frente a la luz de una vela, Petra Peterson, una cocola de San Pedro, se ríe con todos los dientes y juega a leerle la baraja a Candela, la hija de Rotunda de los Santos y Jean-Marie Pieggot, alias Francisco Ruiz, un poeta inédito y haitiano que cruzó la frontera para construir este país de mierda. En los ochentas la ciudad se llenó de una energía bastante merenguera. Como Jean-Marie era poeta y no cantaba nada mal, decidió armarse un combo y se cambió el nombre por el de Félix Cumbé, que era como le llamaban en la construcción.

Para joder a Candela, Petra a cada rato le echa unas monedas a la vellonera y pone otro de los éxitos del padre, una bachata desgarradora que se titula «Yo la alimento». Con todos los dientes bellísimos, la Petra se burla y Candela tuerce la boca. Vuelven a sus barajas.

La madre de Candela murió al parir, una infección irreversible. A la huérfana la crió una tía a quien sólo se le conocía como La Muda. Creció con mucha brujería alrededor y sin creer en Dios. La Muda, antes de quedarse sin habla por el cáncer que le pudrió la boca, le contaba historias de cuando su madre era una joven divina, preciosa: tenía un culo tan grande y bien formado... el sieso mejor rendido del Caribe y sus alrededores. La Muda murió cuando Candela cumplió diez años. Entonces empezó a pasar más trabajos que forro de catre: hizo mandados de casa en casa, limpió pisos, fregó platos, dormía donde la agarrara la noche. Hasta que La Buela y Doña Caridá empezaron a tratarla mejor que nadie y se fue repartiendo entre las dos señoras.

Luego le salieron las teticas y Ánforo Castratte la agarró tan mal puesta un agosto a las dos de la tarde, y se la llevó caminando por la calle del Politécnico, cruzaron la fábrica de Ron Barceló, y ahí, debajo del puente de la Bicicleta, fue desvirgada queriendo mirar el mar y odiando a todos los hombres al sentir el tronco rompiendo su carne.

Se tiró a la calle y empezó a cobrar cada noche: cincuenta y la cama. Por esas mismas fechas descubrió que tenía un Misterio. Se montó en una guagua camino

Charles derecho y terminó en el patio de la casa de la comadre Doña Nenita. Dejó los cigarros y la botella de ron a los pies de San Miguel Arcángel y la clarividente le diagnosticó un poder de afuera, del más allá, «una cosa bastante bendecida, muchachita dichosa».

Desde esa tarde, su poder residiría en algo mucho más poderoso que el simple mirar el destino en las borras y fonditos de las tazas de café; mucho más profundo que el manido ejercicio de ver hombres, viajes y fortunas en los colores de la baraja. Sería capaz de leer el fuego en los palos de una caja entera de fósforos, que debía ser comprada una noche de luna llena.

DOS
Tatuajes de puñal

Renato, con un ojo morado, arañazos en el cuello, en la espalda baja, y manchas de sangre seca en la nariz, entretiene el tedio con el segundo *joint* de la tarde.

—Mijo, avanza que eso es para hoy —ordena Sera, bellísima, buenísima, metida en unos panticitos morado claro y las tetas al aire; sus dedos finos, terminados en uñas delicadamente cuidadas, sostienen en vilo un encendedor mientras sus pies de princesa juegan con la cabeza del otro, que se zafa, que pretende estar harto.

—Deja la vaina, coño, que me tiene jalto —refunfuña Renato.

Todas las tardes parecen iguales: a eso del mediodía ella llega con comida, a veces china, a veces *hamburguers* o plato del día, cualquier cosa. Se encueran sistemáticamente desde que él abre la puerta y no importa que el almuerzo se enfríe. El mundo puede congelarse y joderse, mientras ellos se buscan debajo de los muebles. Él sigue enamorándose del perfumito Aqua di Gio de Sera, y ella aprende a reconocer y a aceptar el grajo y el descuido del afro de su macho. Antes ella le sugería que se bañara, «Por lo que tú más quieras, Renato, que el agua no ha matado a nadie». Pero él nunca hizo caso.

El tabaco a punto; lo prenden, y él tira la primera piedra.

—Coño, Sera *men*, tú tenía que decilme esa vaina, lo de Luciano.

Sera se da un copazo sin cambiar de humor, deja la cabeza entrar un poco en la profundidad de la almohada que huele a baba seca, a sudor añejo, a batallas de piojos, un olor bueno.

—Tú sí que tá pendejo, mijo, eso no cambia nada, es una transacción como cualquier otra, ni más ni menos.

Y él le cree. La ha escuchado negociar por teléfono, caminando por la casa totalmente desnuda, dando órdenes, mandando a firmar demandas, dirigiendo mensajeros y secretarias, mandándolos a la misma mierda.

—Pero señore... mírenlo a él, dizque celoso, ¿pero es verdá?

—Yo no estoy celoso, coño —miente Renato, entre excitado y encojonado, sabiéndola ahí, al alcance de la mano. Ya han echado polvo y medio; y ella no tiene que volver a la oficina, toda actividad laboral ha cesado con la excusa de la llegada del ciclón.

—Ay, Renato, el asunto es que tú eres poeta y tú quieres posar de mente abierta y la verdá es otra.

—Un poeta-traficante, me gusta la combinación —agrega él con tono irónico.

Mata el resto del tabaco en el cenicero y le aprieta las piernas. Ella se ríe, dejándole saber que así es que le gusta, le busca la cara y lo golpea otra vez como le encanta a él. Sonríen. Renato aprieta los dientes y forcejea. Él sólo aprieta y ella golpea en donde puede. La nariz vuelve a sangrar. Él le rompe los pantis. Al rato ella le ruega que se lo meta, que ya no la mortifique más, que él si sabe metérselo, que ese culo sólo le pertenece a él. Se abrazan. Hacen como si se fuesen a venir. Y se vienen. Él, despacito, después de decirle que la quiere, le advierte «Si te casa con Luciano te hago un *show* en la boda, prepárate, tú no me conoce».

De repente se escucha un golpe seco en uno de los cuerpos. El reloj marca tímidamente las cuatro y quince de la tarde.

***

La última cosa coherente que escuché de los labios de mi madre fue «Renato, alístate que ya casi nos vamos». Tuve que comerme la avena aunque me diera asco, me habían prometido cosas increíbles para mi cumpleaños si lo hacía. Tenía un nudo inmenso en las tripas y otro pequeño en la garganta. Mi madre gritaba y fumaba, iba por la tercera taza de café y La Buela, en una esquina, con los brazos cruzados y las manos bajo los sobacos hacía una mueca de cansancio, «Contigo no hay quien pueda, muchacha de la mierda».

Mi madre me agarró por un brazo e insistió en que tenía que llevarme a La Vega para conocer a mi verdadero papá, «Él es un hombre malo, es verdá», reconocía ella, «pero uno tiene que conocer a su familia porque los vínculos de sangre pueden tener repercusiones», y esa palabra me confundía, pero no me atrevía a preguntarle qué significaba «repercusión» porque me estaba bañando de cenizas con el quinto cigarrillo, y el chofer del carro público le había pedido que «Por favor, joven, apague ese cigarrillo, usté no ve el letrero de No Fume». Ella lo mandó a la mierda dos veces y le dijo que se pusiera en su puesto porque él no había visto una Méndez encojonada, y me siguió explicando «Puede ser que un día ese señor tenga, qué sé yo, una hija, y que tú te encuentres con ella y se enamoren... esas vainas pasan, ay, ni me lo quiero imaginar». Yo intuía que las posibilidades que eso pasase eran las mismas que La Buela comprase al fin una televisión a colores, pero me quedaba en silencio y trataba de concentrarme en el camino, mientras ella continuaba con su perorata y se sobaba las manos; la izquierda, en la que se llevan los relojes, le temblaba, por lo que intentaba controlarla con la derecha.

El barrio había quedado en llamas por el chisme, «Pero es verdá que a esa muchacha le tiene que estar patinando el cloche porque arrancar con ese muchacho sola por ahí», y La Buela se defendía diciendo que «Se hizo lo que se pudo, pero ella se me plantó en dos patas como una leona y dijo que ese era su muchacho», «Oigame bien, vieja de la mierda, usté no es quien para decirme a mí lo que yo tengo que hacer con mi muchacho, coño, si yo fui quien lo parió, coñazo».

Luego de viajar durante tres horas, llegamos a una casa que olía a tisana de orégano y aparecieron, como salidas de un sombrero de mago, un reguero de madrinas, tías, cuñadas, sobrinas, y entre tanto alboroto de que mi madre estaba flaquísima, y ordenar toneladas de café y cigarrillos, las mujeres empezaron a pellizcarme las buches como si me los quisieran arrancar, «Coño, pero qué lindo el hijo de Nelson», «Caramba, qué-precioso-tiene-los-ojo-dio-se-lo-bendiga», «Pero besa la mano de tu madrina», y llegaron más mujeres, cantidad de hembras, veganas todas, «Vengan a recibir al hijo de Nelson Malena, al heredero, al alabado». Y continuaron apareciendo más mujeres, todas con tres, cuatro niños colgando de los brazos, niños tímidos a los que había que empujar para que besaran mis pies y manos y se atrevieran a preguntarme cómo era la capital.

Mi madre fumaba bonito, rebosaba ceniceros mientras las tazas de café iban quedando vacías, alineadas todas en orden de tamaño. El grupo de mujeres se había cansado de joder conmigo y trataban de escuchar atentas al chisme entre mi madre y la hermana de mi supuesto padre. La señora se llamaba Margarita y tenía un culo inmenso, con cara de pena lamentaba decirle a mi madre «Por qué no avisaste primero antes de venir, Nelson está de servicio en Pedernales, lo mandaron la semana pasada». La taza de café se cayó de su mano, que le temblaba como nunca antes y reconocí en su rostro la furia y en mi interior el miedo. Ella repetía en un susurro doloroso que «El niño tiene que conocer a su papá porque eso es primordial para su futuro». «Primordial», otra palabra que tenía que investigar. La invitaron a quedarse porque sabían que no estaba bien. Ella pidió un vaso de agua y se tomó dos pastillas. Con mucha calma y glamour solicitó que la ayudasen para el pasaje de vuelta porque ella se iba ese mismo día. «Muchacha, tú estás loca, cómo vas a arrancar por ahí con ese muchacho, sola, de noche, y en ese estado». Ella secreteó algo y de repente hubo un traqueteo fuerte de lágrimas. El grupo de mujeres se había retirado, eran las siete de la noche y, créanlo o no, la novela brasileña de moda les atraía más que el drama de mi madre. Cuando nos dejaron solos, ella se arrodilló frente a mí, su mano izquierda le seguía temblando mientras un bombillo de pobres le destrozaba la cara, «Prometo escribirte todos los días... no seas malcriado, cómete todo lo que te den y recuerda que tú eres un hombrecito. Te quiero a mares», me dijo antes de irse.

Según La Buela, regresé de La Vega con malas costumbres, aunque ella no sabía que me había vuelto un maestro en el arte de treparme en matas de cereza, guayaba, mango, también había aprendido a volar chichiguas como nadie, a cagar en letrinas, a cazar lagartijas, a bañarme en el río. Fueron las dos semanas más divertidas de mi vida. Me enviaron desde allá como si fuese un paquete que se le encarga al chofer del bus, «Llévelo a la parada que allá lo están esperando». Mentira. Si no es por la negra Vochola que pasaba por ahí y me recogió, no sé donde hubiese amanecido.

Días después de mi regreso a la capital, escuché al tío Ánforo cuando se dirigió al grupo de mujeres que se reunía en la sala de la casa de La Buela, «Díganle la verdá, coño». Una vecina lo agarró por el saco y le dijo «Anfi, cálmate y ven para la cocina». La casa entera olía a incienso y toronjil, los muebles estaban recogidos, todo era un ir y venir de platos de arroz y bandejas con vasitos de café. Salí al patio y me encontré al idiota de Gustaff jugando con su último invento, un gran robot, según él, El Gran Dragón del Espacio, fabricado con cajas de fósforos y pega-pega. Mi tío con los ojos rotos me miraba desde la cocina. Luego se acercó, olía a ginebra, a no bañarse en un par de días, y finalmente me dijo «Tengo una noticia que darte y tienes que cogerlo como un hombrecito». A todo el mundo le había dado con que yo ya era un hombre, qué vaina. Intuía lo que me iba a decir, así que me imaginé lo peor. Yo ya había sido testigo del ir y venir de mi madre entre la casa de La Buela y diferentes clínicas y hospitales; y la había visto regresar cada vez peor, con los ojos morados, la nariz rota y cada vez más ida, más temblorosa, más del otro lado, días y días sin probar bocado, y cantando canciones por lo bajo, que ni se acordaba si tenía un hijo, o dos. La Buela siempre nos dijo que de haber tenido dinero eso no hubiese pasado, que la habrían mandado a una clínica buena, con doctores que le hicieran caso y no que la devolvieran a la casa sin nada, con las pastillitas esas que no servían para un coño.

Cuando el tío Ánforo me dijo lo que había, el cuerpo me ardió, sentí un dolor en la boca del estómago, como cuando te privan y las manos sudan, asumí que todo había pasado por mi culpa, ella me lo había advertido, «No te portes mal, cómete todo lo que den, no te subas a las matas de mango, ni cereza, ni comas puñados de azúcar prieta en los almacenes». Afuera se escuchó un grito punzante y alguien apuntó «Esto sí es grande, carajo». Otra voz gritó «Conformidá, resignación». El tío Ánforo descansó la cabeza entre sus manos, estaba muy borracho; luego extendió los brazos y me retuvo contra su pecho. Lloró babosamente, su barba me picaba, pero entendí que estaba pasando algo muy grave y me aguanté. La Buela plegó la boca y con las manos en la cintura dio órdenes: «Lleven a los niños donde Don León, ustedes busquen ropa limpia, ustedes traigan agua, jabón y toallas, ustedes vayan a la funeraria de la avenida, usté vaya donde Don Lino y dígale que me fíe café, azúcar, paquetes de vasitos, ustedes acaben de limpiar la sala, usté vaya donde Doña Elpidia y dígale que mande flores, usté vaya donde mi comadre Altagracia y dígale que mande sillas, usté vaya donde Digna la Rezadora, dígale que ya es hora, que se prepare los misterios más delicados que se va a rezar rendío, usté dígale a Doña Gisela que mande hielo y dejen la histeria que van a acabar con mis nervios, coñazo», esto último lo dijo bañada en lágrimas. Me escapé volando bajito por los techos de zinc y tropecé con muñecas decapitadas, con las pelotas hechas de calcetines sin par que nadie reclama, antenas fabricadas con latas de aceite, gomas de camiones, aros de bicicletas, zapatos viejos e imaginé el ataúd, el travesaño de la casa, mi pecho en llamas, una fogata acústica y hubiese querido quemarme en esa flama, sentir el olor a carne chamuscada, bendecirme en esa vida de pelo achicharrado y sangre hirviendo. Una vecina notó mi desolación y me abrazó tan fuerte que me dolió la espalda. Logré zafarme de su abrazo de oso y salí corriendo, llorando por los callejones. Esta tierra no estaba hecha para juegos. La cara me ardía. Desperté con la boca seca frente al ataúd rodeado de flores y con una batea de hielo debajo. Tenía frío y calor, pensaba en mi madre pudriéndose en la tristeza eterna de cuando alguien decide ser un niño toda la vida.

Promesas a Marisol Pendiente
Lubrini
Editorial Errante, 73 págs.

***

—A que no te acuerdas de la primera noche.

—Yo sólo recuerdo el beso, en realidad estaba tan noqueado que ni...

—Recuerdo todo, hasta cuando te lo... pero tienes razón.

—¿De qué?

—Soy una puta. He sido una puta toda la vida.

Él trata de mirar la vida desde el balcón del apartamento. El cielo se presenta gris, muy oscuro, y ya caen gotas finas que se cuelan a través de las ventanas abiertas. Sera ha caído en un sueño profundo, con ambas manos sobre el pecho, como hundida en el colchoncito del camastro. Él la mira y piensa en su ingenuidad y estupidez. Decide armar un tercer tabaco, y que la vida, esa que se le entrega ahora por entre el verde de la mata de aguacate y las palmeras, se deslice lentamente hacia la nada.

Se han vestido, golpeado, arrancado otra vez las ropas. Han bebido a sorbos de una botella de ron que reposaba entera en el estante de la sala y ahora la cabeza le duele un poco y siente un ligero mareo de locura. Esa jeva lo tiene loco, hay que decir la verdad. Ese apetito que lo hace arañarla cuando se tumban en la colchoneta y su pelo huele sólo a Pantene y ella pide muchísimas cosas y le practica otras, cosas que no le había hecho nadie. Ahora se le casa y se va. Ella jura que la boda no cambia nada, pero sí cambia, porque qué coño va a hacer él cuando ella se vaya para Nueva Jersey y no lo llame nunca más y él no tenga dónde coño llamarla. Todo eso lo llena de rabia.

A ella le gusta esa vaina de jugar golf y viajar en primera clase y hay que reconocer que él no ha pasado de La Vega, que no puede darle esos lujos de champaña y camarones al ajillo y langosta a la plancha y filete a medio término con un Marqués de Riscal Reserva como a ella le gusta, como se los da Luciano, como ha sido criada. Ella se lo advirtió desde el principio, que no se enamorara, ni de ella, ni de nadie: «Enamorarse no es bueno».

Sera duerme profundamente. Su pecho sube y baja despacio, única prueba de que sigue viva. De seguro sueña con hombres negros que juegan y fuman a su lado. Cinco minutos de felicidad. Los sueños pueden revelar misterios, en ocasiones lo logran, otras no y son olvidados mientras el durmiente, bostezando entre legañas, se reincorpora a la llamada realidad. Lamentablemente, el sueño de Sera no le permite presagiar el puñetazo de Renato, debajo del ala, que la despierta.

—¿Y la vaina de que eras virgen, también se la hiciste a él? —increpa Renato, mordiéndose los labios con una furia inédita, golpeándola de nuevo en el mismo lugar.

—No sé... ¿qué te pasa, coño? —atina a preguntar Sera, incorporándose, sólo para ser lanzada hacia la pared. El golpe produce un ruido que da miedo, ella llora como nunca antes lo había hecho en presencia de él.

Sera está sorprendida, le duele más lo inesperado del golpe que la fuerza del mismo. Trata de huir, el llanto le cubre toda la cara. Con la mano derecha busca rastros de sangre en su cabeza. Gracias a la Providencia, no hay, pero el chichón viene, es cuestión de esperar un poco. Renato la sujeta por el pelo, la tira al piso.

—Lo que te dije es verdá, lo de la boda... piénsalo bien, yo no me voy a quedar así —grita él.

Ella lo escucha asustada, hastiada. Ya tenían días en lo mismo, lo habían discutido mil veces. Sera sabe que él es capaz de cualquier cosa, ya le ha dado varias pruebas de ello, pero esta vez no puede brindarle el chance de actuar según sus bajos instintos.

—Voy a la iglesia y te hago el *show* de tu vida. Aunque yo sé que a ti te da lo mismo, tú eres una perra...

pero tu mamá se muere, de esta se muere —amenaza Renato—. En lugar de salir en *Ritmo Social*, van a llenar la primera plana de los diarios, y ni se diga de la sección de sucesos. Prepárate, coño, buena mierda.

Sera reitera que la decisión de su matrimonio no depende de ella, que se trata de un negocio familiar. Y miente cuando jura que siempre esperará por él, que él será su único macho. Renato deja de golpearla, pero no logra controlar su agitada respiración; sigue destrozándose el labio inferior. Ella se levanta del suelo, adolorida.

—¿Para dónde vas? —inquiere él, sin mirarla.

—Déjame beber un poco de agua, por favor.

—Yo también quiero —exige Renato.

Sera va hasta la cocina. Muchas veces se preguntó cómo acabaría todo esto. Nunca se preguntó cuándo. Se toma uno, dos vasos de agua y jura no llorar más por ese comemierda. Mira el cuchillo Tramontina que brilla al lado del fregadero. Lo toma de inmediato y durante tres minutos palpa su mango de madera con una y otra mano. Pesa muy poco.

Las nubes, cargadas con un secreto inevitable, empiezan a romperse en un aguacero frío, uniforme. La habitación se inunda poco a poco. Una ráfaga de viento trae olores lejanos, flores recién arrancadas de las ramas cuyo brutal movimiento presagia la cercanía del huracán. Sera regresa a la habitación sin el vaso de agua para Renato. Sus movimientos reflejan una calma que da miedo. Se detiene al lado de la cama, con las manos en la espalda, recostada en la pared, comprueba con su vista como la lluvia penetra sin tregua por la ventana entreabierta. Renato se acerca, le choca la calma de la muchacha. La abofetea de nuevo y pregunta dónde coño está su vaso de agua. La cara ultrajada recibe el golpe con dignidad, jurándose a sí misma que será el último que soporte. Renato no percibe la mano que empuña el cuchillo, que suda sin titubear, que asaltará resuelta el costado izquierdo de su agresor. No puede intuir nada: ni el dolor punzante, ni la pregunta en sus ojos, ni la violencia de la respuesta, ni el chorro de sangre...

—¿Soñaste algo? —balbucea Renato, mientras intenta fijar la imagen de Sera por última vez; sabe que su último minuto entre los vivos se agota.

—Soñé que estaba muerta —responde con indiferencia Sera, mientras vuelve a poner a prueba la fuerza de su brazo derecho.

***

La vida de Imanol Petafunte es un caos, se le va entre cacerías de fantasmas, propios y ajenos. Las sirenas y megáfonos de la Defensa Civil al otro lado del río no le dejan conciliar el ansiado sueño. Lo que queda es dar vueltas en el camastro de su pensión en Santa Bárbara. El techo le devuelve la cara de Sera con los brazos abiertos, sonriente. A un lado se elevan las columnas de libros llenos de polvo con los que ha intentado a lo largo de años saciar su interminable búsqueda existencial, esa que ha quedado vacía cuando de camino al barrio se detuvo en varios supermercados para encontrarse con anaqueles desiertos y la gente como loca comprando cajas de velas, pilas para los radios y linternas, y latas de sardinas. Sólo alcanzó a comprar dos latas de atún en aceite y cuatro botellas de Ron Palo Viejo.

«Si el ciclón viene, que me agarre borracho, coño», pensó mientras las pagaba.

La vida se consume poco a poco, agotada en besos amargos. Mira el techo, apura una pastilla de Panadol PM con un trago de ron. Luego de un rato, en el techo sucio, otra vez el entrecejo de Sera, sus cabellos —que sueltos de seguro le llegarán más abajo de la cintura—, sus movimientos de tremenda alacrana esperando debajo de cualquier yagua vieja en una ciudad de santos que merecen morir ahogados. Constituye una locura, pero se toma otra pastilla para ayudarse a dormir y sólo consigue temblores y delirios. Mira fijamente el tomacorriente de la pared, imagina a los pobres, allá afuera, como hormiguitas con sus corotos a la espalda. Se le van cayendo los párpados y en el duermevela, una avispa se posa en su mano y antes de que la gran bola de fuego lo consuma, puede ver una mariposa negra con extraordinarios diseños en las alas, una mariposa que no estará en la explanada al amanecer. Alguien toca a la puerta como si la quisiera tumbar. Petafunte no sabe si ha dormido quince minutos o una semana.

—¿Qué fue, coño? —atina a decir con la boca pastosa.

—Abre *men*, soy yo —responde desde afuera José Levi, quien tampoco puede conciliar el sueño y viene con un *joint* a ver si eso los ayuda.

Hace frío y llueve. Salen hasta la garita que da al río y ven el espectáculo de luces multicolores del desalojo. Tosiendo después del primer copazo, Imanol le cuenta a Levi la historia del muchacho muerto, la indiferencia de la jeva. Levi, con la cara iluminada por el cocuyo del tabaco, dice que «Esa vaina es una pena pero como están las cosas...».

—La gente se muere to los días *men*, no dejes que esa mierda te afecte —sentencia el recién llegado.

Imanol le da la razón, pero le explica que no deja de afectarle el hecho de que ese tipo permanecía ahí tirado en una morgue y nadie había acudido a reclamarlo. Imagina en voz alta lo desconectado que tiene que estar uno de sus semejantes para encontrarse tan solo en la hora de la muerte. En ese momento se da cuenta, que más que en Renato Castratte, está pensando en gente como el doctor Gideon, como él mismo.

—¿Y cómo fue que murió, exactamente? —insiste José Levi quemándose los dedos con los restos del tabaco.

—Se tiró... lo tiraron de una quinta planta.

Por primera vez se miran a los ojos, sólo unos segundos; Levi baja la mirada y suelta un sonoro «mierda». Los ojos de Imanol empiezan a apagarse y se despide de su vecino, pensando que mañana habrá que buscar para dónde coger. Desaparece en la habitación, pareciera que una luz sucia y temblorosa lo ingiriera. Un cansancio general lo consume. Se rasca la bolsa y mira al techo de nuevo, piensa en que quizás se haga una paja, eso lo ayudaría a dormir mejor. No atina a nada, sólo ve el rostro de Sera, los párpados pesan como penitencia, no se le para, de seguro, mañana temprano, el batallón de salamandras...

***

Desde hace diez años, el doctor Gideon Ilsset empezó a visitar la isla, cuando el auge del país como destino turístico sexual de bajo costo para los turistas europeos. Gideon era el menor de siete hermanos, aunque eso no le dio ningún favoritismo sobre los demás. Los castigos del padre, obrero de fábrica, eran severos y rayaban en la tortura. La madre no hablaba nunca, su vida transcurría entre las cosas del hogar que se derrumbaba. Pronto en su vida, Gideon tomó la decisión de dejarlos. Se graduó en medicina forense con honores. Ningún conocido asistió a la ceremonia. Esa noche, en los brazos de una prostituta colombiana, entendió que el caso no tenía remedio y ahogó sus soledades. Decidió irse para siempre a otro lugar y no contactarlos jamás. No fue necesario, ellos tampoco enviaron cartas ni trataron de ponerse en comunicación con él. Su vida se volvió redonda. Consiguió un buen trabajo y se pagaba una puta tres veces por semana. En una de esas noches conoció a Martina Buenombre, una prostituta dominicana. En el seno de su negritud y su sexo crespo, oloroso a otras tierras, encontró paz. Un año después se casó con ella para que no la deportaran y se fueron de luna de miel a la isla. Cuando la humedad del Caribe le golpeó la cara supo que esa sería su casa. La gente lo abrazaba, lo llamaba «Alemania»: «Alemania, ven a beberte una cerveza», «Alemania, vamos a la playa, al río», «Alemania, ven a comer». Luego de una de esas invitaciones, lloró de felicidad; de seguro en eso consistía lo que llamaban sentirse en familia.

La fiesta duró poco. Martina tenía un marido. Entonces Gideon comprendió adonde iba a parar el dinero que él enviaba mensualmente a la familia de su esposa.

El tipo no daba un golpe ni de karate y vivía como un príncipe. Una noche, confundido en sus pensamientos en la barra de un bar, entabló conversación con un amigo alemán, quien le explicó lo que sería su futuro con esa mujer: «Te dejará sin un centavo, hará su casa en su país y regresará un día, no te darás cuenta, amigo, son unas sabias».

Todo sucedió al pie de la letra. Martina se fue una mañana sin decir nada. Cuando él logró viajar a la isla para buscarla, nadie pudo darle razón de su paradero. No trabajó más, otra vez la vida lo golpeaba y él no tenía como responder. Decidió entonces mudarse a la isla y dejar atrás la gélida Europa, con la esperanza de encontrársela algún día para ver si ella tendría el valor de sostenerle la mirada.

Pudo haber gozado de un prestigio mayor. Le ofrecieron trabajo en la Universidad y tuvo oportunidad de desarrollar lo que se convertiría en el Centro de Ciencias Forenses de la ciudad capital. Pero decidió trabajar en la morgue del Palacio de la Policía, lejos de toda notoriedad. En el fondo sentía pena de sí mismo, entendía que era un ser patético. El anonimato le permitiría mantener en secreto los verdaderos motivos que le hicieron mudarse a esta mierda de isla del tercer mundo.

***

Antes de llegar a la morgue y entrar por la puerta de atrás, el teniente Imanol Petafunte recibe una noticia del sargento del día: debe comunicarse inmediatamente con el capitán Rossana en su despacho. Decide ir más tarde. Encuentra a Gideon bebiendo café y fumando sin ansiedad. Ni siquiera se dicen «Buenos días». El doctor exhala sin prisa el humo del último copazo y pisa la colilla con exageración. Imanol reconoce, mientras sigue al doctor por el pasillo, que una taza de café hubiese hecho la mañana algo soportable. Antes de entrar al anfiteatro, una ráfaga de olor a muerto le destroza el estómago; siente un batallón de salamandras correr por su espalda. Las imagina en línea recta, todas juntitas, mirándose con el rabillo del ojo para no romper la formación. De repente, guiadas por una mano sublime, entran a su cuerpo, se enroscan en cada anillo de la columna vertebral. Quizás sea para asustarlo o para darle la fuerza gravitacional de su centro.

Pasan a un salón amplio con grandes cajones corredizos y mesas de loza que sostienen el horrible secreto. Los cuerpos en posición horizontal o apilados por montones, camino a descomponerse, esperan a ser estudiados: la fuerza sutil del bisturí puede hacerlos confesar por última vez, después, si alguien se apiada, serán identificados, recogidos, llorados. Renato Castratte, hijo de Nelson y Marisol, hermano de Gustaff y nieto de La Buela, ha fallecido trágicamente una tarde que se dejaba inundar por el cielo como si este llorara o se burlara de las vidas impactadas por la imagen de la destrucción. El cuerpo yace en una mesa de aluminio cubierto por una sábana curtida de gris. El doctor se coloca los guantes en medio de un silencio morboso, y descubre el cadáver. El muerto tiene el aspecto de un dios decepcionado. Imanol siente que el ejército de salamandras lo sujeta, no puede moverse. Para Gideon es algo rutinario, así que rompe el silencio:

—Politrauma. La presión en el costado derecho lesionó las costillas, una de ellas perforó el pulmón, pero creo que no originó el deceso.

Imanol mira al doctor sorprendido mientras este le pasa unos guantes de látex. El olor a muerto resulta agobiante. El doctor le va señalando al teniente los arañazos en la cara, los moretones, la nariz rota...

—Gideon, pero no fue de una silla que se cayó, fue de un quinto piso —precisa Imanol colocándose los guantes.

—Estos golpes no fueron ocasionados por el impacto de la caída —aclara el legista, mientras mueve el cuerpo y le muestra al teniente la cuchillada en el costado izquierdo.

—¿Qué es eso?

—La hemorragia, eso fue lo que lo mató. La cuchillada alcanzó un órgano vital —sentencia Gideon, examinando la herida.

A Petafunte le parece repugnante el dedo de Gideon, cubierto de látex, dentro de la incisión. Imagina a la muchacha desnuda con el arma en la mano. Luego piensa en ella, asustada o decidida, empujando el pesado cuerpo por el balcón. Se excusa rápidamente, el capitán lo espera en su oficina y agrega «Que tenga buenos días», con un nudo en la garganta. Afuera de la morgue, una sensación de asco se apodera de él. Trata de llegar hasta el baño pero las arcadas le sobrevienen antes, no puede vomitar, lleva el estómago vacío. Su paladar es castigado por la amargura de la bilis una y otra vez. Luego llora abundantemente sin saber el porqué. Toda su ropa apesta a cadáver; se da cuenta que aún lleva puestos los guantes de látex.

***

«Me están persiguiendo los monstruos», piensa Gustaff al despertarse. Quisiera dejar la casa de Lubrini antes del amanecer. Sabe que en unas pocas horas, cuando el Coro de Hermanas despierte del bendito sueño que las acorrala, la casa se convertirá en un caos general.

Ha dormido poco y mal. Durante las treguas del amor Lubrini ha recitado locuras, al tiempo que le ha acariciado el muñón con delicadeza. Lubrini le ha confesado su deseo de desarmarse por las esquinas de cualquier escenario mientras pescadores imposibles lanzan anzuelos a su plexo solar; quiere escribir una historia de un ser que tuvo que morir para que su dulzura intermitente le hiciese ganar la gloria.

En medio de todo esto, Lubrini ha aprovechado para entregarle la tormenta de su boca, con mucho cuidado, mordiendo aquí, allá. Gustaff ha sentido las garras en su vientre y le han temblado las piernas. El ritual se ha reanudado varias veces a lo largo de la noche: Lubrini levanta sus brazos tratando de confundirlos con las nubes cargadas de agua y relámpago, y luego recita «El cuerpo de un actor es sólo una energía dilatada al servicio de la muerte».

Desea retener a Gustaff con la promesa de que en la madrugada, contra todos los pronósticos, bajarán al Malecón a esperar los platillos voladores. Gustaff no quiere seguirle el juego. Él sabe que el asunto de ir al Malecón a esperar ovnis es sólo una excusa para estar cerca del mar. Oler ese mar —los chinchorros, las caracolas, las jícaras de coco, las chichiguas, los muchachitos en cueros, las mujeres esperando, la arena en los zapatos, los primeros besos, los buenos besos— y esperar que las olas le devuelvan su esencia a Lubrini, a ese ser ubicuo que pertenece a los dominios marinos; y que algún día, más temprano que tarde, volverá a confundirse con esa masa líquida, inmensa y salada. Esas son las cosas que le gustan a Lubrini: infancia, piedra, tijera, papel, cartón, peluche. Lubrini no crece, nunca crecerá.

***

—¿Qué le pasa Petafunte?, parece que ha visto a un muerto —pregunta, a modo de broma, el capitán Rossana, percibiendo la palidez del teniente.

—No pasa nada, comandante; me dijeron que usted quería verme —responde Imanol en posición de atención, afectado levemente por un mareo.

—Sabía que usted iba a visitar la morgue primero. Ya sé lo que vio, espero que esto no le dé ideas extrañas —dice el capitán, que en un gesto de inimaginable camaradería le invita a cerrar la puerta con seguro y tomar asiento.

La atmósfera se torna tensa. El capitán saborea una taza de café caliente. Sólo con el olor le basta a Petafunte para sentirse mejor del estómago, aunque rechaza la oferta de su comandante, quien enciende un cigarrillo y al mismo tiempo abre una gaveta. Sonríe maliciosamente.

—Ahí hay diez mil, cuéntelos si quiere, pero no es necesario que lo haga ahora.

El capitán Rossana entrega el sobre al teniente inclinándose un poco hacia adelante, con una sonrisa un tanto ridícula, cómplice, extraña en este hombre, ya que la mayoría de las veces sus deseos son órdenes.

Petafunte toma el fajo sin vacilar, piensa que si le han tocado diez, el botín es al menos de ochenta o cien mil pesos oro. Dobla el sobre en dos de inmediato, lo coloca en el bolsillo trasero del pantalón para disimular el bulto. El capitán nunca comparte los sobornos, así que algo se trae entre manos.

—No lo vea como un soborno —sugiere el capitán, como si leyera el pensamiento de su interlocutor, recomendándole que lo acepte como una recompensa por sus excelentes servicios—. Resuelva un par de problemas, tírese unas cuantas cervezas y siga caminando que aquí hay mucho trabajo… de vez en cuando hay que aceptar los pequeños regalos.

Petafunte, impasible, balbucea «Sí, señor, lo que usted diga, mi comandante». Mantiene la mirada baja, la sube a ratos y la deja perderse entre los impecables trofeos colocados con minucioso orden en una vitrina, exhibiendo su aurífera falsedad. El capitán Rossana confunde el gesto y piensa que el teniente se está mariconeando, tiene remordimientos porque le pagan para quedarse callado y hacerse de la vista gorda frente a un caso de asesinato. Carajo, si lo mejor es dejar las cosas así, está clarísimo.

Petafunte no siente molestia por el dinero recibido, su malestar tiene otro origen. Hace unos minutos, había entrado decidido al despacho del capitán para exponer su hipótesis sobre el caso de Renato Castratte, para demostrar que tenía razón y que lo correcto sería abrir una investigación más extensa sobre su muerte, pedir los recursos que fuesen necesarios para llegar al fondo de este asunto: estudios forenses minuciosos, averiguaciones con los familiares y relacionados con el occiso, permiso para interrogar a la señorita Sera Peñablanca; en fin, habría que adelantar la investigación hasta las últimas consecuencias, el hecho de que ella viniese de una familia pudiente no le daba exoneraciones ni ventajas; pero al aceptar el soborno, sabía que él mismo estaba concediendo esas exoneraciones y benevolencias; el dinero, en grandes cantidades, pero también en pequeñas, era capaz de comprar cualquier conciencia.

Ahora Petafunte quiere dejar a un lado el pensamiento idealista de clarificar las extrañas circunstancias de la muerte de Renato Castratte. A lo largo de su trayectoria como policía ha visto como otras se han desarrollado a partir de sobornos, de regalos y favores concedidos para que un compañero de menor nivel académico consiga puestos de oficina en el Aeropuerto, en Aduanas, en Migración o en la Dirección Nacional de Control de Drogas. Por un momento, durante la mañana, quiso ser diferente, quiso poner un grano de arena para que el país avanzara.

Pero, aunque el dinero también huele mal, de seguro que hiede menos que la pobreza. Entonces su mente empieza a calcular cuántos problemas puede resolver con diez mil pesos. Antes de cometer la estupidez de negarse a recibir el soborno, el dinero está calentándose en el bolsillo de su pantalón, esperando el momento preciso para ser utilizado como arma diminuta en contra de su miseria personal.

Minutos después, Petafunte recibe la notificación que ha sido asignado a un caso más fácil: la muerte a tiros de un vendedor de droga en un supuesto intercambio de disparos. Cuando se apresta a salir a la calle, vuelve a encontrarse con Gideon, esta vez en las escalinatas al pie del edificio. Petafunte, movido por una fuerza sobrenatural, le pregunta a Gideon si es posible hacer más estudios, algo que, por ejemplo, especificara el tipo de arma, la hora exacta del deceso. Gideon responde, como de costumbre, de manera sarcástica. Acaso no había observado la cantidad de cuerpos pudriéndose en la morgue; acaso no sabía que para realizar una prueba tan simple en estos tiempos como la de ADN, debían enviar las muestras a la Universidad de Miami y tardaban hasta dos semanas, además de que estas pruebas costaban más de cuatrocientos dólares...

—Lo siento, teniente, he recibido órdenes de entregar el cuerpo. Alguien hizo una llamada, creo que un tío... vienen a buscarlo ya mismo.

Imanol sabe que lo mejor es esperar a los familiares. Quizás si él los convence de que fue un asesinato, ellos estarían en disposición de esperar, de hacer algo.

—¿Y si yo pago las pruebas? —pregunta al legista, pensando en el dinero que lleva en el bolsillo del pantalón.

—No sea ingenuo, teniente. Me parece increíble que usted, teniendo tanta experiencia en estos asuntos, esté pensando en imposibles —lo interrumpe Gideon, encendiendo un cigarrillo.

—Podría hablar con los familiares, para retener el cuerpo —insiste Imanol, sabiendo que cruza una línea peligrosa.

—Se pudriría antes que pudiésemos hacer algo —advierte Gideon, ahora fumando nerviosamente.

—Dígale a la familia que no se lleve el cuerpo, ya se me ocurrirá alguna excusa —intenta ordenar Imanol, atendiendo al llamado del agente Aceituno, que desde la patrulla le hace señas, al tiempo que toca bocina; se hace tarde para acudir al lugar del nuevo crimen que deben investigar.

***

Villa Duarte parece un desierto mojado. Mucha gente ha corrido hacia barrios aledaños por las evacuaciones. Alerta roja: el ciclón viene. Gustaff llega a la casa de La Buela y encuentra a la muchacha flaca recogiendo la sala. Sin saludar, la muchacha reconoce al nieto y le dice que la doña anda haciendo diligencias para el entierro de Renato, el tío Ánforo la está acompañando. Las paredes grises muestran manchas de humedad, las goteras en el techo de zinc dan la sensación de que adentro llueve más que afuera. Ella ofrece un café que él desecha sin agradecer y pregunta si sabe dónde van a velar el cuerpo. Al referirse a su hermano, sangre de su sangre, entiende por un pequeño instante que tiene que empezar a hacerse a la idea de que en lo adelante deberá referirse a su hermano en tiempo pasado. La muchacha le informa que no habrá velorio, la doña ha dicho que el dinero escasea y que con lo del ciclón la situación no se presta para eso. Le informa lo anterior buscando los ojos del muchacho para evitar mirar fijamente el muñón. Ella no había visto a Gustaff desde el accidente.

—Entonces lo van a enterrar de una vez... ¿sabes dónde? —pregunta Gustaff, temiendo que la casa se les caiga encima en cualquier momento.

—Don Ánforo recomendó que lo más práctico es enterrarlo en el cementerio de la Máximo Gómez —responde la muchacha, ahora dando la espalda y dirigiéndose a la cocina: se le queman las habichuelas que ablanda en el anafe.

Gustaff respira hondo y decide salir a la calle; pero antes de hacerlo, la muchacha regresa y le ofrece una sombrilla para que no se moje con la lluvia, una gripe muy mala ronda la ciudad. Él le mira con pena el pelo cortado como a machetazos, las piernas largas, los brazos y la cara llenos de cicatrices, adivina los senos grandes, redondos, por entre la camisa desteñida; la mujer no es una vaina increíble pero se le puede meter mano.

—No, está bien, yo me voy así... si ellos regresan antes que yo, diles que estuve aquí —le indica desde la calle, con el lodo que le llega a los tobillos.

El trámite para entregar el cuerpo no fue nada del otro mundo. Aunque por un momento Gideon pensó en la proposición de Petafunte, no le dio mucha importancia. Él no se iba a meter en problemas por el capricho altruista de un teniente joven. No porque tema las represalias del capitán Rossana, simplemente la vida lo aburre y entiende que todo eso constituye una necedad. Además, el señor que vino a reclamar el cuerpo, que dijo ser tío del occiso, no mostró ningún interés por saber de qué manera falleció el muchacho. Regularmente la gente lo cansaba con preguntas. La persona ya estaba muerta, qué coño más querían saber, se preguntaba Gideon diariamente, cuando le tocaba despachar los cuerpos hinchados a los familiares. Pero aún así, sólo por joder, cuando el doctor tuvo al tío Ánforo frente a frente, hizo la pregunta. Ánforo contestó que no le interesaba saber nada. La Buela le había dado órdenes de terminar los trámites lo antes posible, ya ella estaba muy vieja para estos trotes.

Luego de abordar tres carros públicos, Gustaff llega al cementerio. El olor a flores podridas mezclado con orines se le mete hasta los pulmones. La mano ausente le duele como nunca. Se pierde por entre las tumbas. Pregunta a unos enterradores y estos le dan indicaciones vagas. Camina sin rumbo fijo, hasta que por fin encuentra a La Buela, con mantilla negra y pañuelo en mano. El tío Ánforo sostiene un gran paraguas. Siente miedo de dar la cara, pero quiere acercarse, aunque La Buela lo mande a la mierda con la mirada y diga torciendo la boca «Mira quién se aparece». En el fondo de su ser, él quiere que ella se tire a sus brazos para poder secar sus lágrimas de madre sola, que lo bese y se sienta reconfortada por el hijo que vuelve a casa.

Se acerca sigiloso, pero el chapoteo en los pequeños charcos revela su presencia. El tío Ánforo voltea, le da un breve toque de codo a la vieja, que no se inmuta; finalmente se coloca a su lado. No hay lágrimas, su mirada se pierde en los cien pesos de flores de muerto colocadas en una lata grande de aceite; en este cementerio no se puede dejar nada que valga la pena porque todo se lo roban, ni las flores respetan. De vez en cuando Ánforo los mira, luego mira la montaña de tierra acumulada. Gustaff siente como si una cuchilla se deslizara por la extremidad ausente, se caga de miedo, quemándose de la vergüenza.

Unas tumbas más allá celebran otro entierro. Varios de los deudos gritan como si fueran víctimas de un ataque, se tiran al lodo. Otros lloran sin violencia, se preguntan por qué, por qué te lo llevaste. Una señora pide que la entierren con el que se va. Pero habla mentira, nadie quiere morirse, al menos, de verdad.

La Buela no necesita mirar a Gustaff, ella lo ha criado, y, aunque siempre ha vivido lejos, ha intuido sus dolores; también sabe que es un sinvergüenza. Una de sus manos busca la que le queda al nieto, la aprieta, recuerda cuando eran sus chiquitos y los dormía y los acurrucaba. No se miran, Gustaff devuelve el apretón, traga saliva para suavizar el nudo del tamaño de un puño que se ha formado en su garganta y sufre junto a la vieja por la muerte de Renato. No piden nada a Dios, nunca han creído en nadie. El tío Ánforo entrega el paraguas a La Buela y se retira; necesita mear. El aguacero obliga a la abuela y al nieto a abrazarse debajo del paraguas. Poco después abandonan el cementerio.

***

—Usted no va a meter a esa haitiana en la casa de nuevo —advierte el Coro de Hermanas a Doña Caridá, que trata en vano de hacer razonar a la bestia.

La idea de traer a Candela le surgió a Doña Caridá mientras pensaba que, si ya no podían contar con la ciencia para resolver la situación con Lubrini, por lo menos la presencia de un ser no cotidiano podría influir en el ánimo de la casa y así Lubrini se tomaría sus medicamentos. Pero las Hermanas están negadas y tratan de buscar toda clase de excusas para evitar las visitas de la morena: que los haitianos son ladrones, que hieden, que hacen brujería, que son maniáticos sexuales...

El doctor Macoserio Tarántula ha llegado temprano a la casa, conversa con el padre, que nunca opina sobre el tema Lubrini. Toman Chivas Regal doce años. Tarántula hace esfuerzos sobrehumanos para mantenerse callado, pero no aguanta y manda a la mierda, eso sí, con mucha delicadeza, al Coro de las Mamasijaya. Aclara que Candela no es haitiana, sino hija de un haitiano y una dominicana, lo que implica una cosa muy diferente, y que ella, según lo que le han contado, nació de este lado de la isla. Pero el Coro de Hermanas refuta con que eso no cambia nada, que lo de haitiano se lleva en la sangre; Macoserio no se queda ahí sino que dispara con todo: «Deberíamos dejarnos de hablar mierda porque todos tenemos el negro detrás de la oreja». Las Hermanas se agrupan como una bola grande de músculos y pelo. Confiesan que no entienden aquello del negro detrás de la oreja, y corren hacia el espejo a buscar ese negro para matarlo, para montarlo en un camión a punta de machete y armas largas y repatriarlo, para que vuelva a su otra mitad porque es mentira que esta isla sea un pájaro de dos alas y mucho menos que forme un territorio único e indivisible. Al contrario, toda esta isla parece un crucigrama con pequeñas, estúpidas y dolorosas divisiones. Macoserio se asusta ante la reacción del Coro y continúa su divagación sobre el tema fronterizo. Entiende que es, sobre todo, un problema sociológico en vez de geográfico y pronostica catástrofes, guerras, sangre. Aunque, en su fuero interno, Macoserio sabe que es inútil conciliar con las alucinadas Hermanas; además, antes que asumir el papel de defensor de los haitianos nacidos a este lado de la isla, él lo que quiere es tener a la morena cerca, poder hipnotizarse con el vaivén de ese culo grande y bien formado, sostenido por la gracia de esas caderas y bendecido por unas gotas de grajo que marea, que inunda. Aquellas noches, en las que no avisa para dónde va y se pierde en el submundo de mujeres y travestis en las esquinas iluminadas por faroles de carros que andan en búsqueda, Macoserio recala en la barra de Don Polín y le pide a Candela que le lea la caja de fósforos. Siempre ordena un servicio de White Label con una botella de soda amarga y disfruta de la negra bajo las luces de colores, la escucha reírse entre bachatas concebidas para arrullar leones, la olfatea entre el humo del mafú y se va con ella pagando religiosamente cuerpo y cama como es debido... se deja desnudar como un bebé, se deja apretar el instrumento por las cavidades de una mujer que no se afeita, que huele a solar baldío, a querer irse pero quedarse, de llorar toda la vida en una esquina por haberse portado mal todo este tiempo.

No se discute más, Doña Caridá manda a buscar a Candela. Hay crisis en el transporte público debido al alerta de huracán pero ella consigue que un motoconcho la lleve hasta la misma puerta de la gran casa. El Coro de Hermanas cuchichea y se prepara para el interminable teatro de Lubrini y Candela, la pelea entre el mal y el mal.

Candela sube las escaleras en penitencia, pero prosigue hacia arriba con valor. Se aferra al pañuelo perfumado que lleva en su mano izquierda como si fuese una daga...

—Entra, estoy esperándote desde temprano —dice Lubrini, su cuerpecito cada día más seco.

A Candela el valor se le va a la mierda. Siente al miedo subir desde las paredes de su estómago, pasar por su tráquea, y salir tan fácil como aire por la nariz, como sudor por los poros. Las rodillas le tiemblan, quiere sentarse. La morena evita los ojos hermosos de Lubrini y mira hacia las paredes, la ventana, un cuadro feísimo colgado a la derecha.

—Dime la verdad, dime que has soñado lo mismo que yo —inquiere Lubrini, al fin totalmente de frente.

—No sé de qué hablas, vine solamente porque te sentí temprano y por qué negarlo, quiero que me recites el poema aquel de nuevo —responde Candela.

—Necia, aquella vez no pudiste contener el llanto y te fuiste corriendo, luego volviste como loca deseando tenerme dentro de ti —recuerda Lubrini, clavándole los ojos; en su boca se dibuja una media sonrisa similar a una arruga.

—Me mal interpretas, entiende que nunca he escuchado palabras dichas en ese tono, con ese acento —dice la morena, sintiendo que el valor le vuelve.

En ese momento la habitación se inunda de un rumor de lluvia. No es sólo el agua, se trata del presentimiento de que el cielo podrá tomar la decisión de acabar con ellos en ese instante. La llovizna empieza a caer como polvo. Sus corazones se llenan, casi al mismo tiempo, de un sentimiento agrio... entienden que si desaparecen en ese momento, corren el riesgo de pasar por esta vida como una simple brizna de paja, una semilla de mostaza.

—Eres una mentira como todos, sólo quieres escucharme porque cuando recito soy vulnerable —increpa el cuerpo flaco con los puños cerrados, mientras Candela estudia los medicamentos que yacen intactos sobre la mesa—. Te comportas igual que ellos, quieres tenerme en mi hora fácil para revolcarme en tu suciedad y hacer tus engendros de amores y cajas telaráñicas, pero conmigo no, coño, se acabó, ya no me quedan fuerzas... Me he pasado la noche en vela hablando con la muerte.

—¿Entonces alguien morirá? —pregunta Candela, haciendo un esfuerzo para seguirle la corriente y procurando que las palabras no le salgan temblorosas. Un globo de sudor se derrama desde su sobaco derecho. Lubrini sonríe por lo bajo como cosa mala.

—No morirá, mi querida flor de carbón; el crimen ya ha sido cometido.

—¿A quién mataron? —vuelve a preguntar la morena, sudando, aún parada en el vano de la puerta, sin atreverse a dar un paso.

—Quizás si le pusieran más atención a las cosas que digo, que escribo... pero no entienden nada, parecen animales, no leen, son unos analfabetos, creen que todo se resuelve con pastillas, con inyecciones. Tú, mi familia, esas azarosas que no dejan de gritar desde allí abajo... todos ustedes son unos hijos de su maldita madre, hijos de la gran puta, pueden morirse, coño, a mí no me importa. Y sin embargo, el que viene a morirse es el infeliz de Renato, coño, el pobre, que lo único que hacía era meterse su vainita de vez en cuando.

—¿Que quién se murió? —insiste la negra con el corazón en la boca.

—Renato colgó los tenis, Gustaff estuvo aquí anoche. Yo lo supe antes de que abriera la boca.

—No puede ser, coño, ¿pero qué le pasó?

Candela habla desconcertada, como esperando una tristeza que no llega. Lubrini responde por lo bajo, con la quietud del pequeño saltamontes.

—Cayó explotado como una guanábana, «como se cayó un manguito de su mata madurito...».

—A la verdá que tú eres un caso serio —afirma la morena, con los ojos a fuego vivo.

—Pero no te pongas así, mi color, tú debes entender que la gente de algo tiene que morirse y sin embargo ustedes siguen aquí jodiéndome la vida; discúlpame que no te he brindado nada, ¿deseas jugo, café, té?

Candela baja las escaleras de un salto. Lubrini agradece a los dioses por esa fuga repentina de la morena, podrá seguir escribiendo en silencio. Sí, en silencio, porque con Candela ahí, con ese llanto apagado que revienta la habitación, nadie puede escribir ni media cuartilla. Lubrini tiene claro que todos allá afuera están más que locos. «Sin embargo, se dan gusto buscándome las venas e inyectándome... El que no pueda estar vivo que se muera, coño», escribe Lubrini en una hoja de papel que esconde inmediatamente.

Doña Caridá no se entera que Candela se marcha, no escucha el sonido del portón. El Coro de las Mamasijaya, decepcionado por la discusión con el doctor, vuelve a sus insulsas rondas infantiles y «por ahí María se va» y «a la rueda, rueda, de pan y canela»; se aburren a mares. El padre ni se entera de quién entra y sale de la casa, siempre en la luna y asumiendo en silencio la culpa del desorden general como quien se echa fresco con un abanico y apura un trago. El hielo se ha acabado. Macoserio es el único que se da cuenta del adiós de la morena y piensa «Qué buen culo tiene la negrita, y cómo lo mueve». Con parsimonia se dirige hasta la cocina para buscar más hielo y algo para picar, el hambre ya le hace cosquillas en las tripas. «El mundo se derrumba y yo pensando en culos y comidas».

***

hasta ahora siento
un pesado deseo de posarme ceniciento húmedo
una polvareda que no se vende
que se queda pegada
como hierba menuda
ligeros lamentos de procedencia cuestionable

los relojes paralíticos
anuncian tu llegada de rinoceronte
el movimiento neutro de tu sangre aniquilada

espera una maniobra de vuelo ágil
crea una serie de idiomas
escrituras en círculos
historias sentadas flamencos con uñas
paredes rosadas musgo cereza
colonia caracol
hongos vitrinas
escaleras horizontales de una carta
que muere
súbitamente

Papeles fatuos
Cartas desde Canóvanas
Lubrini
Editorial Errante, 198 págs.

***

La imagen de la muerte acosa a Imanol Petafunte en las mismas calles por las que él, ignorando las órdenes del capitán Rossana, persigue a Sera desde un Volkswagen convertido en patrulla. Lo invade el mal humor, no ha tomado café en todo el día. Lo acompaña el raso primera clase Iván Aceituno, que más tarde, luego de que el chorro de sangre negra que se deslizará por la cuneta llegue a la alcantarilla, pedirá su traslado a cualquier otro lugar y se convertirá en escribiente; por ahora no deja de hablar, sólo hace preguntas, que por qué andan cayéndole atrás a esa mujer, que si el comandante lo sabe, que él no quiere meterse en problemas, tiene este fin de semana libre y quiere visitar a la novia en San Pedro de Macorís, «jefe, por favor...». No se atreve a preguntarle a su comandante por el dinero del soborno, que era un secreto a voces en toda la unidad. Aceituno confía que, en su momento, el teniente le dejará caer un par de pesos.

A Imanol lo jode el hecho de que la asesina deambule por la ciudad como si nada hubiese pasado. Sera se detiene a comprar cigarrillos y dos fundas de hielo. Ellos la siguen a una distancia prudente, cuestión de que el insoportable ruido de la patrulla no los delate, pero es tarde, ella se enteró hace tiempo de la vigilancia y les sigue el juego. Llega hasta el apartamento de su amiga

Cintara para planear la despedida de soltera, porque sí, la boda va. Su madre se lo dijo desde que regresó del Palacio de la Policía, sin hacerle preguntas con relación a lo sucedido. Sera le argumentó que si ella no estaba al tanto que venía un ciclón, como si con eso pudiesen postergar lo inevitable. La vieja, hojeando nerviosamente revistas sociales una y otra vez, le dejó saber a la hija que el ciclón le importaba un soberano pepino, la boda iba, había que ponerse para eso, porque Luciano llegaba mañana en el vuelo de las nueve.

Luciano Licurgo Maravilla —*Mister Jodienda*— le propuso matrimonio a Sera como quien tira una piedra a un ventanal. Las palabras fueron contundentes y se multiplicaron como los cristales que iban cayendo. Todo empezó como un juego escondido debajo de la carne una tarde de finca con cielo negro. No había nada que hacer porque llovía a cántaros y en medio de la siesta, tirados en un sofá cama, las manos empezaron a bajar braguetas, mientras otras acariciaban una boca, que besaba un lóbulo de una oreja, que escuchaba una mala palabra, desde el dedo de una mano que dibujaba en círculos una cadera, que se movía al suave compás entre la complicidad y el goce de una lengua, que tocaba la curvatura de un cuello, que llegaba hasta una teta de pezón ciego, un vientre en llamas, una rodilla que entrelazaba una pierna que se abría, un cuerpo que recibía una boca que sugería un no, falso, que llevaba a un movimiento muy inteligente de cintura y ahí, en menos de quince minutos, Luciano supuestamente la desvirgó. Ella le dio la espalda, lloró como nunca, dijo algo como sacado de fotonovela mala: «Ahora soy toda tuya». El llanto continuó, quedo, la cara se escondió. Él, lleno de una hombría ridícula, cayó en la trampa mortal, saltó sin red, con unas palabras que le saldrían muy caras: «Déjate de vainas, ni siquiera me vine».

El teatro estaba montado.

Luciano convirtió toda esa confusión en amor y se arrodilló con una cara sortija en sus manos; desconocía que se hallaba muy lejos de ser el hombre que le remeneaba la caja de los huesos, el que la ponía blandita, el que le daba teriquito. No, Luciano no llegaba ni al círculo de espera. Además, ese machazo no había nacido, todo había sido un tanteo para aprender más de los hombres, y de las mujeres también, porque en el fondo, a ella lo que le gustaba era eso... ella aprendió que las mujeres huelen más rico y besan mejor, saben donde tocarla y guarda ese secreto, esa delicada agonía.

La boda se celebrará; incluso el clima ha conspirado para eso. Horas antes, Jorge Rapacuello, enviado especial de Cadena de Noticias, reportó en vivo desde las oficinas de la Comisión Nacional de Emergencias que, en un hecho sin precedentes, el ciclón se estaba moviendo hacia la costa este, perdía fuerza y al parecer se alejaba convertido en una mera tormenta tropical, aunque todavía se pronosticaba aguaceros contundentes para esta tarde, así que el coronel Radhamés de la Cruz advertía que lo más recomendable era que la gente permaneciera en los refugios hasta estar totalmente seguros.

***

Candela camina bajo la lluvia botando fuego por la greña y con ganas inmensas de echarse a dormir en una cama con sábanas secas, limpias, calientes. Ahora la vida le entrega un diluvio de pena, en una ciudad sin perros que le ladren, en donde nunca ha podido ir a la escuela, sacar cédula, cobrar un cheque. Nadie, de este lado de la isla, le hizo el favor de ir a un Juzgado de Paz y declararla como hija; no puede reclamar nada a estas horas porque no existe ningún papel que pruebe que ella nació aquí. Para los del lado de acá su identidad es confusa y se sospecha que el padre era oriundo del otro lado, así que siempre se sentirá rechazada.

Desde muy pequeña ya se empezaba a hacer preguntas de por qué los otros muchachitos la relajaban de prieta fea y maldita haitiana. La Muda en algún momento soñó con la agonía de la derrota y por eso antes de morir la dejó al cuidado de La Buela. Las señoras del barrio, furiosas, no aceptaron que la doña acogiera a esa bastarda y hasta hubo alguna que le retiró el saludo, pero eso a ella le daba par de tres. «Qué coño es lo que se creen esas comemierda», decía la señora poco ortodoxa, creyente pero con muchísimas dudas.

Esas serían, irónicamente, las mismas señoras que en el futuro le llevarían botellas de ron, cigarros, pañuelos con bordados vivos, cartones de huevo y galones de leche, para que la morenita les leyera la caja de fósforos los días en que le bajaba el Misterio. Las doñas, desesperadas pero con recato, pedían la devolución de maridos, exigían la revelación de sueños llenos de números que saldrían premiados el domingo en la Lotería Nacional; estaban cansadas de pedir estos favores a sus propias divinidades en silencio y ahora de manera clandestina imploraban delante de esta huérfana.

Un día Candela llegó de la escuela bañada en lágrimas y mocos, por los dichos e insultos que la perseguían en la calle.

—Yo no soy nadie, la gente dice que mi mamá se prostituía en la calle, que era una mujer de la mala vida, y que mi papá era un haitiano —sollozó la niña.

«Caramba, cómo puede haber gente tan así», pensó La Buela tomando un trago de aire bastante serio. De repente se le aguaron los ojos. Acarició la cabeza pequeña que desbarataba cuanto peine se le pusiera en medio, le dio un beso mientras lloraba sin poder contenerse.

—Buela, ¿qué te pasa?

—Olvídate, mi morenita chula —contestó la doña tragándose el diluvio de lágrimas. La garganta le dolía una inmensidad, pero articuló palabras de luz; le dijo que se olvidara de todo lo que había escuchado, que ella le iba a contar un gran secreto.

—Eres hija de una princesa, una santa... tu madre representaba una cosa buenísima, mi hija, y tu padre parecía un dios moreno, hermoso...

La Buela no lloró más y asumió la responsabilidad del amor; le avisó que se preparara porque ella le iba a contar la verdadera historia de cómo se creó este mundo.

TRES
El tiempo marginal

El Miedo quema. Se mueve color caféverdeoscuro por debajo de la noche. Todo está lleno de polvo y virutas de papel. Ahora, del polvo y del aire espeso como la manteca, salen mezclados los dioses. Nace Rotóvolo, que significa Control y Paciencia; es un dios mezquino, de mirada punzante y rasgos serios aunque nada especiales, a diferencia de Trazzao: Desplazamiento Libre, Alegre y Constante..., quien luce terso, de piel morena color medio sol; se mueve con movimientos precisos y preciosos, como la voluntad de un corazón joven y palpitante. Juegan a crear este mundo con sus propios cuerpos.

Rotóvolo llena de aire sus pulmones, exhala y aumenta la densidad de la atmósfera. El moreno trae un retazo de nube que se ha inventado a partir del polvo; y entonces, el otro trae colores como el azul, que ha recuperado de un sueño profundo y reconfortante. Trazzao también trae pigmentos que ha conseguido al generar nerviosismo debajo de sus pies. Rotóvolo ofrece sus manos. Inspirado en el calor, Trazzao consigue el sudor de sus movimientos, crea cañadas y lagos. Rotóvolo aporta sangre para crear el resto de las aguas. Trazzao busca y encuentra espacios rojo médula y negro carbón para esculpir espaldas. Rotóvolo, sacrificado hasta más no poder, extrae piedras de sus riñones para las arenas. Trazzao descubre los fluidos hirvientes de sus sexualidades desconocidas y crea El Placer y El Deseo.

Entonces, seriamente, Rotóvolo aparece con verde para guanábanas y aguacates, se esfuerza tanto al intentar sacarse el corazón, para crear otro dios, que canta por dolor y ese canto despierta lo que se ha creado hasta el momento y todo lo que ya existe empieza a reconocerlo como Supremo. Trazzao nunca entenderá nada. Niño para siempre desnudo, reconoce el ruido de la belleza. Sigue jugando sentado a la sombra de un árbol, cansado a morir y con lo único que le queda: una bolita de fuego entre las manos.

Con el tiempo, el Dios de Fuego se harta de tanto juego, de la hipocresía, de las promesas, y se marcha con una tristeza de desterrado.

En el mundo, Rotunda es feliz. Trazzao vaga bastante confundido y molesto. Una mañana de otoño la descubre desnuda y los ojos se le llenan de lágrimas al sentir el olor de la niñez otra vez y se declara poeta (el oficio más bajo al que un humano podría aspirar). Ve las hojas prepararse lentamente para caer sin remedio alguno desde ramas que empiezan a sudar ese rocío que humedece el ruedo de las faldas. El festival de la caída. La conversación se presenta de manera súbita.

—Oh, ¿qué haces tú, bella flor de la mañana, tan temprano en los montes exuberantes donde todavía el frío sudor del rocío gobierna toda la extensión? —pregunta Trazzao, mientras Rotunda queda perpleja al ver un hombre tan bello, tan moreno, tan oportunamente desnudo en esos parajes, a esas horas—. ¿Acaso andas recolectando el néctar de las flores agonizantes en estas agradables horas?

—No, señor... estaba cagando —responde Rotunda llena de inocencia, con más vergüenza que miedo. Trazzao, ofendido

por la aberración poética escuchada, se enfada y decide hacerla mujer, construyéndose a su vez en hombre.

Siete meses después aquello duele. Como si tener un hijo fuera una cosa fácil: «Ahora toco mi vientre de campesina en donde fue depositada tu semilla; un hijo, quizás un gran varón, porque una tiene hijos para que la sostengan... hombres que una trae al mundo a vengar muertes, comandar ejércitos, arar la tierra, construir ciudades».

—Tú no sabes nada, muchacha bruta, todo ha sido dispuesto de antemano —dice El Supremo. Rotunda cumple la empinada tarea de traer a esta dimensión una criatura divina, aunque sabe que morirá en el intento.

La recién nacida es una sietemesina hermosa. La madre se siente orgullosa, aunque por poco tiempo. Si no la mata la hemorragia, de seguro lo hace la infección. Está escrito. Mirtilio, el funcionario ayudante del Supremo, debe supervisar el caso y divulgar las malas noticias de lugar. Cuando llega, todo está a punto de terminar. Quiere hablar con la mujer, pero la belleza de la recién nacida, la tímida pero constante luz que inspira su aura junto a la cara agonizante de la madre, le dejan desarmado.

—Es una niña —confirma Mirtilio a la mujer que grita ahora en un charco de sangre y restos de vida.

—Una niña preciosa —certifica la comadrona, pero aquella muchacha que se había convertido en mujer hacía siete meses y que ahora es madre, no tiene tiempo para mucho.

—Sonríe y regocíjate en esta noche —recita Mirtilio, frases que tanto ha ensayado para el gran momento—. Has dado a luz a una santa.

—Una santa... no es posible, yo soy una mujer ignorante, una campesina —balbucea la joven mujer en medio de su agonía.

—Los designios superiores son inescrutables y caprichosos —sentencia Mirtilio con confianza—. Pero vamos, que esas no son nuestras cuentas.

—Di lo que tengas que decir, esta mujer se halla en las últimas. ¿De dónde vienes? ¿Quién te envía? —interviene la comadrona, hasta entonces testigo silenciosa de la conversación entre el enviado de Rotóvolo y la mujer moribunda. Mirtilio se molesta con la impertinencia de la mujer atrevida pero no le da importancia porque la prioridad es la otra mujer que se les escapa de las manos.

—Mujer, regocíjate en tu hora, has sido elegida para traer a este desorden la hija de un dios; tendrá gloria y reconocimiento público pero sufrirá por ser pecadora.

—¿Pecadora? —indaga la mujer que se muere.

—¿Pecadora? —pregunta también la comadrona—. Pero si tiene dos horas de vida, ¿cómo es que ha pecado?

La mujer agonizante lanza gritos estremecedores que dividen las islas, que espantan a los murciélagos de las Cuevas de Santa Ana, que congelan los ríos que bajan de las cordilleras, que secan las cosechas de granos y que pudren la carne, que amargan el tabaco en el Sur, que alocan a las burras mientras patean a los muchachones que desde atrás las consumen, que derriten las velas de tristeza y emborrachan de gente el aire.

—Mi hija —grita la mujer que sufre. La niña finalmente llora. La noche se rompe por el grito de la mujer nuevamadre que se va y por el llanto de la divinidad que llega. La mujer ayudante toma la criatura en brazos y haciéndole ascos a Mirtilio la coloca en el regazo de la mujer que tiene los minutos contados.

—Rotunda, esta es tu hija —apunta la comadrona.

La pobre mujer sin fuerzas, temblando, empapada en sudores fríos, abraza el pequeño trozo de vida. Sonrisas. Recuerda el fogonazo de semen que recorrió sus entrañas la primera y última vez que se acostó por amor y con dos de los tres alientos que le quedan susurra «Candela, hija mía».

El enviado responde a la pregunta formulada minutos antes: «Ha pecado por el hecho de nacer mujer». La comadrona quema a Mirtilio con los ojos; Rotunda utiliza su último aliento para soltar el grito, que condena a los farsantes, que apuñala a los conspiradores, que irrita a las rezanderas, que enferma a las guitarras, que señala al jefe de la tribu, que destruye los altares, que impulsa a los violines, que orienta a los balseros, que mutila a los girasoles, que derrite el hielo, que desvirga a las abogadas y que sentencia a muerte a un hombre.

La noche queda pendiendo de un hilo rojo, el silencio se hace tan real que es imposible respirar, las naranjas se duermen y se entumece todo movimiento. Lo único palpable es el olor a putas de noche que se mete en todas las almas como cosa loca. La mujer desafiante toma a la niña e intenta decir algo más, pero Mirtilio abusa de sus poderes y la silencia con un movimiento de su mano, al tiempo que ordena: «Cállate, mujer insolente».

Mirtilio desaparece como vino, dejando un rastro de nostalgia y espuma de jabón. Se va en silencio, sin sonidos de fanfarria de bandas de bomberos y con un poco menos de paz gracias al olor aceitoso de los jazmines. La mujer imprescindible queda muda, la mujer no respira ya, la recién nacida sonríe y los ojos le brillan como dos llamitas, el pequeño fuego de las divinidades. Trazzao, detrás de un rabo de fuego, se muere de pena.

Rotóvolo desde una mesa rota observa todo muy regocijado. Él, omnipotente, no había necesitado de cópula para la procreación: se tomó un complejo brebaje llamado «Morirsoñando», hecho a base de jugos cítricos y lactosa. Se recostó en una gran hamaca y escuchó un disco completo de Jossie Esteban y la Patrulla 15, Grandes Éxitos. *La indigestión, provocada por tanto merengue del bueno, lo llevó a caer en un trance, sudó frío. Soñó que era mortificado por El Placer y El Deseo y que en una plaza triste, el ciclón por fin llegaba a destruirlo todo. Sintió un delicioso y oscuro sabor dentro de la boca cuando la muchacha flaca y hermosa dejaba la boda para ser penetrada por el Hombre de Plata. Él también deseó ser penetrado por esa fuerza terrenal, a pesar de que ese hombre tenía en la cara una pena terrible, como si estuviese sufriendo la muerte de un hermano.*

Al despertar del sueño gustoso, una figurita rosada colgaba de su pecho. La admiró por dos horas, le buscó defectos mientras las manitas querían decir algo. Rotóvolo sintió miedo de la belleza que podía generar su invento y con rápidas decisiones determinó que la criatura debía desaparecer. Mirtilio se presentó al gran salón para acatar órdenes. Tomó la criatura pensando que era horrible pero admirado por el movimiento de tinta en sus dedos. Colocó el embeleco en un hogar de locos y creyentes en donde había un grupo de niñas insoportables llamado «El Sublime Coro de las Mamasijaya», que significa algo así como: «El Coro de las que maman si encuentran algo de mamar». De seguro estos seres sin juicio ni ley acabarían de descuartizar el engendro en cuestión de horas.

Antes de partir pensó en nombrar el asunto que cargaba en brazos, pero recordó que sólo los dioses estaban autorizados a designar nombres. «Qué más da, si esto va a desaparecer más rápido que inmediatamente». Así que sin ninguna creatividad se propuso jugar a ser dios por un minuto. Aquel patito feo y rosado fue destinado a llamarse Lubrini, que significa Dolor Penitente y Voluntad Incontrolable.

Cuentos de niños para adultos
Lubrini
Editorial Sinhueso, 348 págs.

***

Hacia el final de la tarde un sol flojo y repugnante reaparece reflejado en una ventana. Un cúmulo lo opaca de nuevo, sólo queda el triste espectáculo de las macetas de trinitarias alocadas por tanta agua y el azote del viento. Imanol enciende un cigarrillo con el que ha estado jugando durante los últimos quince minutos. Escupe el humo hacia fuera del carro, donde no pasa nada. Adentro, Aceituno cabecea un sueño incómodo en el asiento del pasajero; un hilo de baba corre por el costado de la boca abierta. El ruido de una motocicleta lo trae de vuelta a la parsimonia de la vigilia. Es el repartidor que lleva hielo, ron, cigarrillos y cervezas para las muchachas, que han hecho un par de llamadas y han improvisado una reunión. Imanol decide interrogar al muchacho que viene bajando contento con la buena propina recibida. Aceituno trata de disuadirlo diciéndole que eso es ilegal. El teniente se le ríe en la cara.

El muchacho intenta introducir la llave del motor, y se sobresalta al ser abordado por Petafunte y Aceituno, como se presentan las cosas en la ciudad, ya nadie sabe quién es policía o ladrón.

—Párese ahí... el comandante quiere hacerle un par de preguntas —dice Aceituno, al tiempo que muestra un carné borroso.

—¿Dónde entregó el pedido? —pregunta Petafunte, adoptando la clásica postura policial: todo el peso del cuerpo ladeado hacia donde está la pistola.

—Al 4B, ¿por qué? —responde el muchacho. No puede evitar que su corazón cabalgue.

—No te apures, la vaina no es contigo; sólo queremos saber que está pasando allá arriba —aclara el teniente al notar el nerviosismo del joven. El muchacho respira aliviado, dejando un rastro de sudor al soltar el timón del motor.

—Pué lo de siempre, comando, esa mujere siempre tán inventando una vaina —contesta, mientras sonríe nerviosamente reconfortado, como si estuviese saliendo de un hoyo negro—. Nunca se sabe qué celebran, hay vece que llaman a un tipo pa que baile encuero.

Imanol no hace más preguntas y piensa: un estríper. Despacha al muchacho después que este pregunta que si van a querer algo más. El teniente le pide que, si vuelve, le traiga un paquete de cigarrillos Nacional y fósforos. Aceituno agrega que les lleve una botella de Ron Carta Dorada, pero la mirada de su superior le recuerda que se encuentran de servicio. El agente insiste y le pasa una papeleta de cien que el muchacho no acepta; les dice que no se apuren, él le pedirá al don del colmado para que se lo mande por la casa.

Al terminar la botella de ron, los dos policías sonríen y olvidan sus rangos. Petafunte ha bajado la guardia y comparte cigarrillos con su compañero de ronda. La tarde se ha consumido totalmente a sus espaldas. De vez en cuando, los faroles de otros vehículos le regalan la cara de Aceituno, sin barba todavía. Piensa en cómo han arrancado a ese muchachito de la cuna, lo han mandado a pasar centro a San Cristóbal y luego le han dado un revólver, un par de uniformes, un rango. Otras luces, esta vez de un taxi, despejan la oscuridad total de la calle. Andy Caba Marcelino, mejor conocido como El Bombero, llega a su lugar de trabajo. Despide al chofer y sortea el charco en la entrada a los edificios. Es medianamente alto; entre las sombras se distinguen sus fuertes brazos, la espalda musculosa... lo demás habrá que imaginarlo aunque no es difícil: un instructor de gimnasio promedio, con un poco más de músculo, piel morena, pelo lacio peinado hacia atrás con gelatina, el empaque perfecto; todas las partes depiladas y definidas, movimientos de cadera sugerentes, lascivia en la mirada, instrumento de tamaño sublime, boca carnosa.

—Diablo, comandante, usté se imagina, debe ser un trabajo nítido, coño; bailar en medio de un grupo de pendejas, dejarse poner la mano... y aparte de eso te pagan, coñazo —Aceituno ríe a carcajadas, manotea, goza con el chiste. Imanol lo escucha como si estuviese muy lejos; él no se encuentra ahí, desde hace un rato que se desplazó allá arriba, jugando un poco a ser dios en boca de Sera, trago con soda, cigarrillo, más hielo.

—Pero la vaina es que lo llaman a uno para todo tipo de fiestas, o sea, que pueden ser hombres o mujeres, hombres y mujeres... usté me entiende.

—¿Y los hombres también...? —indaga cauteloso Imanol, como despertando de un letargo.

—¿También qué?

—Que si también ponen mano, digo yo, no sé; ahí debe pasar de todo —Imanol enciende otro cigarrillo, mientras evita la mirada de Aceituno.

—Bueno, eso tá fuerte, comandante; un hombre ahí, pasando mano.

—Trabajo es trabajo.

—Bueno, depende —responde Aceituno.

—¿Depende de qué? —pregunta de nuevo Imanol, sintiendo en su aliento un amargo dulce por la mezcla de trago y nicotina. Al ver que Aceituno no responde y pone semblante dudoso, Imanol reinicia el interrogatorio:

—Entonces, por mil pesos, ¿usted se dejaría poner la mano?

—Bueno, poner la mano... —responde el agente, dudando.

—¿Y por dos mil, se iría con un hombre?

—¡Qué pasa, comandante, ni que yo fuera maricón! —revira Aceituno.

La sonrisa se le borra de la cara. No sabe por qué piensa en ese momento en el dinero que el teniente mezquinamente calienta en sus bolsillos. No le gusta para nada el tono de la conversación. El comandante insiste y logra llevarlo al escabroso terreno, en donde su hombría queda en duda.

—¿Y si fueran cinco mil?

Aceituno se sorprende, abre los ojos hasta que le duelen; suelta una carcajada tensa y mira de reojo a su comandante, al tiempo que dice:

—Qué se yo... por cinco mil...

Imanol Petafunte sonríe sinceramente por primera vez en muchos días; entiende que todo y todos tienen un precio, y sentencia:

—Ah, usted es maricón; caro, eso sí.

***

Gustaff suelta a La Buela en banda con una excusa pobre, dice que tiene compromisos de vida o muerte que atender. La verdad radica en que no quiere enfrentarse al maratón de cuestionamientos de la familia que le queda; de seguro él terminará asumiendo la culpa por la muerte de su hermano menor.

Arranca para la casa de Lubrini, en donde Doña Ca-ridá con una mano sazona una olla llena de hígados y corazones de pollo, el plato predilecto del Coro de las Mamasijaya; mientras que con la otra mano, acaricia una salsa pomodoro con una cuchara de madera: tiene la vaga esperanza de que Lubrini pruebe bocado durante la cena. El padre se golpea la cabeza contra las imágenes del altar, repitiendo para sí una letanía dolorosa.

Gustaff sube las escaleras sin saludar, las luces están apagadas. Entra a las regiones del miedo. Lubrini recita un poema que habla de rinocerontes y otros animales. Gustaff queda de una pieza, casi se le saltan las lágrimas. La entonación, el acento... qué puede estar pasando por el alma de una persona, de un ser no cualquiera, para poseerse dentro de un conjunto de palabras; para recitar así habría que comprender el vacío, los trucos enmaraña-dos de ciertos libros. Ve al cuerpecito petiseco maltratar hojas ocho y medio por catorce con dibujos, canciones.

Desplaza los pedazos de papel de envolver por las paredes, los deja a merced de unas pobres velas. De repente el animalito mueve un brazo como si esa extremidad fuese independiente y el resto del cuerpo queda mudo aunque en contención, y reza: «Este papel me ha salvado la vida».

Bajan corriendo las escaleras. La mesa está servida. Lubrini mueve los pies y manos ansiosamente, mientras el Coro de Hermanas destroza la cena dispuesta en el patio. Doña Caridá llega al fin con los mejores espaguetis, pan con ajo, ensalada rusa y una jarra de sangría. Lubrini no prueba bocado, juega con los panes, con los cubiertos; exaspera, acaba con la paciencia de sus mayores. El postre, bizcocho de chocolate con almendras caras. Al fin, Lubrini come en un gesto de disimulada normalidad. Una vez no quedan restos del bizcocho, piden permiso para retirarse. Gustaff le señala a la doña que esos eran sin duda los mejores espaguetis que había probado en su vida, que si ella supiera que él tiene, mejor dicho, tenía unos amigos que... La conversación queda ahí. La doña lo mira de manera desdeñosa y él entiende inmediatamente.

Lubrini decide escapar de nuevo y salir a buscar los soñados ovnis. La noche será larga, podrán compartir poemas y canciones. Se van caminando, bajan por Metaldom hasta llegar a la Cervecería para sentarse en la peligrosidad de la grama que da al acantilado. Se fuman, rápidamente, un *joint* frente al mar. Tiran piedras, recuerdan pequeñeces de niños corriendo al lado de ese Mar Caribe que los ha visto crecer, prepararse para la muerte. Adivinan niños del futuro que ya no podrán pescar jaibas o sardinas en Sans Soucí, ahí en donde el Río Ozama decide terminar y convertirse en agua salada; ahora todo eso es la desembocadura de basura y mierda de la ciudad. Se pasan la noche llorando, besándose, embriagándose de llovizna atolondrada y bebiendo tragos largos de una botella de Chivas que se robaron del bar de la casa. Gustaff, enamorándose cada vez más de la espalda de hombros alineados que quiere subir a una palmera para ponerse triste y desde allí lanzarse a ensuciar de sangre nueva los corales, las baldosas, el mármol de una ciudad que le pertenece, que huele a melaza, a piedra, a peces de colores, a cemento. Lubrini contagia a Gustaff con el roce de su piel y él sólo tiene una mano para tocar esa tensión, ese rostro que le regala vida nueva. En medio de este irremediable movimiento de ternura, el aguacero rompe el silencio, se escuchan susurros.

—Aléjate de mi vida peligrosa —dice Lubrini, inyectándole un beso al pobre muchacho detrás de la oreja.

«No quiero», piensa Gustaff, que quiere hablar pero los besos no lo dejan.

—No leas tanto.

—¿Por qué? —interroga Gustaff, aprovechando la escasa iluminación para observar el cubo del cuello donde la nuca se convierte en un túnel angosto por el cual se desliza la isla convertida en diluvio; se aprietan, se estrujan, beben largamente... quieren matarse y comerse. Una de las cabezas sube como alzada por un hilo de marioneta y apunta hacia el cielo cargado que han olvidado por siglos. Las olas, sucias, rompen a sus pies. Lubrini cierra los ojos y miente:

—Porque los libros tuberculizan.

***

Hace un hambre del coño. Aceituno sugiere que vayan a comer algo, que el clima está como para un cocido y él conoce el sitio perfecto. Además, saben que allí no va a pasar nada más. Cuando se alejan de los edificios ya la madrugada se está consumiendo y el estríper no ha bajado del apartamento. Imanol deja ese capítulo como se quedan sin leer las letras pequeñas de los contratos. Acepta la propuesta de Aceituno porque sabe que nada bueno le espera en su habitación de Santa Bárbara. Manejan por entre la ciudad oscura, sin miedo; las pistolas y los rangos les ofrecen seguridad, el hecho de ser policías los separa del resto de la humanidad: ellos están un poco más allá de la ley de la clase baja, ellos pueden sobrevivir en los barrios menores. Media hora después llegan al comedor La Marisol. Una cucaracha gigante les da la bienvenida.

—Cocido y cerveza —piden los hombres al sentarse.

—Lo siento mucho, pero el cocido se acabó; queda mondongo y arroz blanco —responde una falsa rubia con bastantes noches encima y loca por irse a acostar.

—Pues trae dos servicios, y mucho limón —ordena Aceituno, siempre con una sonrisa.

La mujer se retira meneando las nalgas, sugiriendo, en vano, una sexualidad. A ella le ha gustado Imanol... se dice que está bueno, que es un macho de hombre. Vuelve con la cerveza. Al destaparla, sale una cresta de espuma que lame con una lengua triste, pegajosa; en un amago de sensualidad mira al teniente a los ojos pero la hora no está para eso. Poco después, llegan los platos humeantes y los hombres comen, charlan, sonríen, invitan a la mujer a sentarse. Ella jura que ha escrito baladas para Marisela y merengues para Olga Tañón y Milly Quezada. Les cuenta que vivía en Borinquen como una reina pero que la deportaron, que nadie sabe lo fuerte que es aquello, que ella va a escribir un libro acerca de los viajes en yola y todo eso. Aceituno la interrumpe y pide otra cerveza. Imanol le dice que no, que sólo la cuenta, que las cervezas están calientes y que él no quiere acostarse aún, ya se las tomarán en otro lado.

Es Aceituno quien propone la barra de Don Polín. Conoce muy bien El Viejo Vikingo porque en una noche aburrida, el capitán Rossana decidió empezar a hacer redadas y la cogió con ese negocio. El capitán mandó a meter preso al DJ porque este no apagó la música; clara muestra de irrespeto hacia la autoridad, según Rossana. Dos de las muchachas que trabajan en la barra salieron a la calle cuando ya tenían al preso en la yipeta de la policía y le rogaron al capitán Rossana que soltara al DJ, alegando que ese muchacho era de la casa, que era bueno. Al final lo soltaron, pero se llevaron cinco botellas de Carta Dorada y al capitán le tocó un litro de Johnnie Walker.

***

Una semana en El Viejo Vikingo trascurre de manera pastosa. Las muchachas no salen durante el día. Se levantan a eso de las once y cocinan cualquier cosa, lavan su ropa interior y se pintan las uñas de colores extravagantes; otras se hacen el pelo, se tiñen, se dan champú profundo, se alisan; zurcen lo imposible bajo la sombra de la lona azul que han tirado sobre el patio común. El encargado de la comida es Ignacio Encarnación, cariñosamente Nacho, quien hace las veces de barman y mayordomo, no necesariamente en ese orden. Es un maricón buenísima gente cuando le sale y venenoso siempre. Exhibe una cicatriz de la cual no da razón, que le parte todo el lado izquierdo de la cara. Las malas lenguas dicen que este travesti, flaco y altísimo, fue lo más cotizado del grupo Creadores de Imágenes y que prepara una caipiriña que manda madre.

 El resto del conjunto, así sin orden alguno, lo componen Estrellita Rosario, una muchacha que pertenecía a una excursión de catecúmenos que vino de visita desde Hato Mayor a la Catedral y decidió quedarse para estudiar Comunicación Social, pero pronto se dio cuenta de que en las aulas de la Universidad Autónoma no tendría futuro; Yaritza Objío, que trabajaba en un programa infantil llamado La Aldea Mágica —se dice que el programa quebró debido a la situación económica, pero todo el mundo sabe que lo que en verdad pasó fue que los niños crecieron y se hartaron de tanta escarcha, tanta rifa, tanta máquina de humo los domingos por la mañana, la nueva generación quería sangre—; Petra Peterson, una negra inmensa de San Pedro de Macorís; y por último, Naymara Luna, una boricua que salió de la cárcel de Najayo hace poco por un asunto de drogas, no le interesó volver a la vecina isla ya que su familia entera se había metido a un culto protestante, y la última vez que habló por teléfono con su madre, esta le dijo «Espero que el Alabado te dé juicio». En ese momento Naymara entendió que volver era un desafío y que nunca más se embriagaría en las barras de Aguadilla, que, como quiera, no estaban en nada.

 El martes —el día que tienen libre— salen después de las seis y cogen un carro público en la Máximo Gómez y bajan hasta el Malecón donde sobreviven los puestos de pizza y *hamburguer*, y uno que otro señor vendiendo maíz sancochado. Ellas se sientan en los bancos que dan al mar y beben a pico de botella un Ron Palo Viejo, bendecido con pastillas de menta Halls de fresa.

Ahora ellas se dejan piropear de cualquier vago. Se emborrachan del olor a mierda con sal que les devuelve el Caribe y lo comparten con los que se besan bajo el amparo del verde policía que les pide para el pasaje. A eso de las once, en el último carro, suben todas apretujadas y volviendo loco al chofer para que cambie la estación del radio.

***

Imanol ve a un hombre llorando frente a una morena iluminada por una vela. Es el doctor Macoserio Tarántula. Llega hasta la barra y le pregunta a Ignacio si le puede colar un café.

—No hay café, lindo, aquí lo que hay es romo —responde Nacho amaneradamente.

Las miradas se cruzan por entre el calor pegajoso. La morena tiene una blusita minúscula de lentejuelas sin brasier debajo, así que es imposible sostenerle la mirada. Desde detrás de la barra, Ignacio le guiña un ojo a Candela y le dice lo que hay. Y es que Imanol se ve bien. Es un moreno bello; uno quisiera como tocarlo, intimar con él por un rato. Aceituno se encuentra con Naymara, se conocen de cuando ella estaba presa, y encargan la cerveza inmediatamente. Una Presidente grande, bien fría, servida en jarra de vidrio congelada, que «es para clientes especiales», según aclara Nacho, quien de inmediato se presenta y pide excusas por ser tan brusco al principio. Imanol, luego del quinto trago de cervecita tan nítida, le recita a Nacho un trozo de poema que hace años escuchó por ahí.

Nacho afirma que él es una «chica» sensible y que muchas gracias por tan linda cosa, y para compensar al teniente le brinda la siguiente cerveza por cuenta de la casa. Mientras tanto Aceituno transa con Naymara, ella le dice «Vente nene» y él se derrite por lo cantado del acento. Imanol saca un cigarrillo, raspa la cabeza de un fósforo contra la parte negra de la caja, al tiempo que Candela se aproxima a él. La morena está entera. La piel de sus piernas contrasta con el poliéster de la minifalda roja. Huele a perfume barato. Los hombros y la boca brillan en medio del claroscuro del recinto.

—Regálame un cigarrillo, papi.

Petafunte adelanta uno hacia afuera del paquete y lo extiende hasta la mulata que lo toma sin decir gracias, aunque tiene que suplicar por fuego. Con el índice y el pulgar el teniente toma un nuevo palo, ralla. Hágase la luz. La morena medio sonríe, muestra los dientes blanquísimos, alineados como las salamandras que el otro deseará sentir en su espalda durante toda la noche. La negra da un nuevo copazo al cigarrillo. «Gracias, caballero». Él, pendejo al fin, no la invita a sentarse pero ella busca espacio. Nacho se acerca, alto, maricón entre la magia, bendecido por la noche que les pertenece, en eso consiste su negocio. Pregunta que qué quiere tomar la señorita y cuando dice «señorita» sonríe maliciosamente.

—Lo que tome el caballero —responde el contraste de la boca roja, grande, y la hilera de dientes. Ella mira al teniente pensando «Ay si yo te agarro». Él quiere que la tierra se lo trague con todo y silla, y ella, y las mesas, y las velas para quemarse allí dentro, en la cóncava mezcla de olores que ella le ofrece. Está borracho pero puede sentir y recordará, que es peor.

Llega una cerveza nueva y brinda con el pajón furioso, la nariz chata, esa mirada, claro, si se le puede llamar mirada a esa ráfaga violenta y marrón que ella le obsequia como promesa del destrozo, el grajito delicado pero consistente, casi imperceptible. Ella pregunta un nombre y él balbucea cualquier cosa, escupe un «excúsame» y dice nombre, apellido y rango.

—Tú lo que tienes es un tormento, yo te resuelvo eso —sentencia la morena, poniéndole la mano en el güebo, apretándole los granos serenamente con los dedos. No necesita fósforos o luna llena para saber que este hombre se halla en estado de emergencia. Ella le miente, le dice que vendrán unos días duros pero que después tendrá una pequeña tregua; sabiendo de antemano que él tiene los días contados, el Misterio se lo ha revelado.

Él sale fácil de la clarividente sorpresa, no existe nada que otra cerveza grande no cure. Pide cerveza y después dice «coño». Quiere ver cerveza rodar por las cunetas, la que no se puedan beber que se la unten. Ella siente un espasmo en la lengua, el Misterio, otra vez. Lo toma de la mano y lo lleva hasta el pasillo que da a los baños. Ignacio se da cuenta de lo que pasa y coge unas monedas, va hasta la vellonera. Las monedas se deslizan por la ranura, él aprieta la selección, mira hacia atrás antes de que empiece la canción y los ve a todos como iluminados por una luz bella, fosforescente, inocentes de que el ciclón acabará con sus rutinas... lo más importante para un ser humano son las rutinas, eso es lo que lo salva de ser un animal sin alma. Ignacio se cuenta entre ellos. Suelta los botones del aparato y cierra los ojos, se deja iluminar el alma por la voz del Yoskar Sarante, quien bendice a manera de bachata las letras tantas veces repetidas por Charles Aznavour, «Que viví, que viví». En esos cuatro minutos, diez, no importa nada, nadie le hará volver a la barra.

    Candela besa al teniente y lo saca del trance. Hay un agarrarse de nalgas, un miembro que se para atento y otro cuerpo que se estremece al sentir la voluptuosidad entre los muslos. Mucha gente cree que por el simple hecho de que las prostitutas bregan esos casos noche a noche, ya no sienten; esa es la mayor mentira. «Si un hombre te gusta, tú metes mano como si fuera la primera vez». Ella coge adelante y lo sienta en un banco de madera, se levanta la faldita y se le acaballa, le recuerda que van a ser quinientos pesos, él dice que no importa y piensa, borracho, en el sobre que tiene en el bolsillo del pantalón.

    Un trueno, una leve llovizna y el cielo, que no iba a ceder en su lúgubre empeño, se desfonda en un solo aguacero. Imanol se viene, para ella esto es apenas el preludio del fracaso. Ella le come la oreja, lo induce, sigue jadeando lentamente. Allá a lo lejos, en el universo del oscuro bar, el hielo en los vasos se derrite. Ella cambia de oreja para recordarle que son quinientos pesos. Imanol pregunta el nombre, con una satisfacción y un sabor infinito a nostalgia que va floreciendo en el pecho, eso que los entendidos llaman «mal de amores» y «pujamiento de celos». Ella le clava las uñas en la nuca, lo besa, su lengua se enrosca y ella siente el tremendo renacer adentro. Segundo asalto: ella le agarra el pelo como en las películas del Lido y dice «*Oui, mon petit*», dando golpes de cintura como si ese cuerpo no fuera de ella. Qué maldito aguacero. En medio del polvo, él pregunta de nuevo el nombre. En ese momento histórico ella se la pide, que le diera su leche, que esa leche era de ella; le aprieta el güevo de una manera totalmente nueva para él, al punto que grita como un chivo y tiembla mientras escucha el nombre que le muerde el oído:

—Me dicen Candela.

Imanol, sin fuerzas y con frío en el alma, bajo el aguacero, se viene por segunda vez con una deuda de quinientos pesos.

***

La punta de la lengua humedece los dedos índice y pulgar; el fajo sucio y pequeño con billetes de cualquier denominación queda descubierto. Las manos se entretienen alisando, contando. Recuentan: faltan más de ciento cincuenta.

El aire sale convertido en un suspiro inconforme. Las negras manos doblan los pesos en tres y los colocan debajo del cenicero en la mesa atestada de cachivaches. Candela empieza a vestirse con cualquier cosa pensando en que se lo va a dejar pasar porque es policía, mejor evitarse problemas a esa hora; pero que ni se crea que es porque está bueno. Petafunte se encuentra muy lejos de ser algo memorable. Había algo en su desesperación, en el manoseo.

Queda el dinero, que servirá para poco, pues los precios están por las nubes. Queda la satisfacción de que él se vino dos veces y para ella eso vale.

—No te vayas acomodando que tienes que irte —susurra Candela a la masa cansada y hedionda que se tira un trozo de toalla azul por la cara y ajusta el cuerpo en el catre.

—Déjame echar un sueño, un par de horas —suplica el hombre, como si tuviese un miedo terrible de salir a la calle a recomenzar el círculo de su rutina.

—Ningún sueño, tu dinero no vale para tanto.

La mujer le canjea la toalla por la camisa todavía húmeda que exhibe sin orgullo el incompleto anillo de mugre en el cuello. Él sólo quiere irse para un lugar: a la mierda. Lo que le espera es bregar con el capitán Rossana, que quizás hasta lo meta preso. También tiene que reconocer que no pudo hacer nada por el muchacho muerto, aunque en realidad, ya nadie podrá hacer nada. Petafunte no comunica estos pensamientos a la morena, se los queda para sí mismo. Candela nunca sabrá que un lazo oscuro de alguna manera los unía. Quizás de eso se trataba el Misterio que le bajaba cuando lo sintió tan cerca.

Evitan mirarse. Los ojos atolondrados, la desidia, el hastío, todo se pierde por entre las rendijas de la ventana; la silla de metal azul viejo, las ropas sostenidas por una barra de hierro que atraviesa media habitación y se dejan cubrir con un plástico transparente, el mosquitero amarillo curtido que cuelga como flor invertida desde un techo de manchas semicirculares, casi perfectas. Él se siente como en casa. Ella está loca porque se vaya de una buena vez, quizás alcance a dormir cuatro horas antes de que comience el traqueteo en el patio común.

—Hija de tu maldita madre —dice Imanol por lo bajo, con un tono de voz que ambos asimilan. Recita las palabras ahí mismo, antes de salir, mirando a medias hacia atrás y encontrando sólo los pies callosos de uñas horriblemente pintadas. Ella acepta el insulto con la dignidad del que está harto y recuerda que el maricón es policía y que estas no son horas para armar líos.

—Yo nunca he sido una mujer de dar *show* pero muy maldita la tuya mil veces... qué coño es lo que tú te has llegado a creer. Y me pagas lo que falta, coñazo.

Una arruga sucia se dibuja en la cara del hombre, que mete las manos en los bolsillos y siente el sobre con su pequeña fortuna, pero ese dinero lo tiene destinado para otra cosa. La respiración de la mujer se interrumpe esperando el milagro; el hombre saca una cajetilla de cigarrillos: quedan dos y están arruinados. Respira hondo.

—Te los pago mañana, te lo juro, no te pongas así.

—Acábate de ir a la mierda, hazme el favor.

Ella sabe que ha perdido ese dinero y él reconoce que en verdad se lo hubiese pagado todo si ese dinero no estuviese destinado a unos fines superiores a los de la carne. Con esa resaca cualquiera es capaz de dejar hasta el alma, la cédula, el reloj, las pelusas de los bolsillos. Todo por dormir cuatro horas y despertar frente a una sopa de pollo, una jarra de agua con hielo, café y cigarrillos..., «después de eso mátenme si les da la gana». Busca la salida entre pasillos pequeños; una cortina verde lo separa de Aceituno, que duerme plácido entre los brazos de una muchacha muy flaca con los pelos alborotados.

Al fin encuentra la salida. El doctor Macoserio Tarántula, inmenso, duerme sentado en una esquina con los pies metidos en una piscina de vómito; Petafunte siente el batallón de salamandras en la médula. No quiere ver más y eso lo libra de los malos sentimientos que puede generar una barra sin las luces de colores, fatalmente iluminada por los bombillos claros o el sol, que puede ser peor.

En la calle el guardián lo salva al regalarle un cigarrillo: «Un Casino, perdone, comando, yo sé que son fuertes pero eso es lo que hay». Empieza a caminar sin dar las gracias. Está desorientado, como en esos días en que se levanta un miércoles creyendo, deseando, que sea sábado. El primer copazo le da náuseas pero se aguanta, no es bueno vomitar solo; al tercer copazo el malestar ha desaparecido. Una claridad roja en el cielo presagia un sol que saldrá como milagro dentro de poco; no habrá ser vivo que aguante la humedad.

***

Ocho de la mañana. Santa Bárbara es un hervidero de hormigas. La gente saca los colchones, la ropa mojada, los muebles; aprovecha la esperanza que genera un poco de sol para airear lo rescatado, lo recuperable. Imanol se detiene a mirar las caras esponjosas y grasientas que comentan el milagro: la lluvia les ha dado un chance. Los que la han pasado peor han encontrado refugio en la iglesia del barrio. Más de uno está convencido de que Dios se ha olvidado de ellos, pero siguen pidiendo con fervor y cuando se confiesan le dicen al padre que han pecado por falta de fe. El enviado de Dios los despacha con un par de Padrenuestros y piensa que quién los manda, si ellos sólo se acuerdan del Omnipotente cuando están en malas.

Imanol Petafunte logra aparcar la patrulla en uno de los pocos espacios que han dejado libres los autobuses de los tour-operadores. La mayoría de los turistas ha logrado escapar de la ciudad amenazada; y la minoría que no, anda buscando vuelo. Aquellos habitantes que ahora dan gracias por el milagro del cambio de trayectoria del huracán, no se han enterado de que el Centro Nacional de Huracanes recomendó a la Comisión Nacional de Emergencias que se mantuviera el alerta roja debido al inminente paso de la tormenta que se está formando en el Mar Caribe. En pocas horas las lluvias torrenciales se harán presentes de nuevo y en dos días se estarán emitiendo boletines contabilizando desplazamientos de tierra, desbordamientos de ríos y evacuaciones en zonas aledañas.

Imanol va recorriendo las calles con el paso incómodo de los zapatos mojados, la ropa hedionda de ayer y la barba que empieza a crecer dura, rebelde. Llega hasta el cuartucho y encuentra la puerta abierta. Su cara se mantiene inmóvil, no se sorprende ante los libros empapados. No se salvó nada. El piso está cubierto por una capa de lodo. Imanol no se atreve a entrar. Al final del pasillo alguien fuma mirando hacia el río. Él se acerca y el otro le brinda un cigarrillo. Acepta y aspira muy hondo el humo para calmar el corazón que desde hace poco palpita como si anduviese en un monociclo, le bailotea dentro del pecho. Dado que, aparte de lo que había en la habitación, él no poseía nada más, puede decir, sin apasionamientos de ningún tipo, que lo ha perdido todo. Asimilar esa verdad irrefutable le está tomando uno, dos cigarrillos y sin café. Mira al río pasar con su botín de guerra; soporta estoico al inclemente sol. Por un instante cree estar asistiendo a un patético espectáculo circense, en medio de una carpa que ha perdido su techo. Entre la crecida cañada que mal divide la ciudad y sus ojos, está la garita en la que desperdició tantas noches. Ahí aparece José Levi, fumándose un leño a plena luz del día, también mira al río marrón y sucio que arrastra basura, mierda, cuerpos, entregándolos como regalo enloquecido al mar en venganza mal elaborada por tanto ciclón. Nunca ha podido explicarse por qué Levi vino a parar a este moridero si su familia tiene buenos cuartos; es dueña de dos joyerías y vive en un *penthouse* por la zona de la ciudad denominada por él mismo como Mierdópolis, donde se rememora sin nostalgia un pasado de abundancia, cuando las promesas de globalización invadieron la zona con todo tipo de franquicias que decidieron las nuevas reglas del juego, desde el tiempo que se toma preparar una hamburguesa hasta quién te plancha la ropa. Mierdópolis es un espejismo de crédito, ofertas impuestas, demandas inexistentes y autocreadas por el nuevo ente consumidor y vacío al servicio de la nada, en fin, un narcisismo cojo.

Las contradicciones del proceso tercermundista que vive la ciudad tienen su epicentro en esa bien denominada Mierdópolis, en sus alfombradas habitaciones, sus inalcanzables bares rebosantes de vodka y champaña, sus brillantes últimos modelos que contrastan con la oscuridad de las esquinas llenas de hombres con brazos de piel achicharrada cargados de todo, desde aguacates o fruta de temporada hasta cables para «tu Motorola, tu Samsung, tu Nokia, tu Kyocera, *you name it*, también cargamos tu cargador, y el estuche de piel, o gafas, o SkimIce para el calor que te está atacando, negra, pide el tuyo de frambuesa o de uva, pruébalo en su nuevo sabor de chinola, mi color, llévate tu tarjeta de llamadas, compra tu Orange de sesenta, de cien, tu Comunicard de Verizon, tan dominicano como tú, y tu blah blah blah de Tricom»; y continúa con una ciudad vertical construida por mano de obra haitiana. Ya en los bateyes no hay nada, sólo hambre y resequedad. El fracaso de la industria azucarera dio pie a la migración masiva hacia la capital. El dominicano bruto, capataz, y el haitiano ilegal se mudan a una ciudad que nunca estará preparada para nada y de ahí nace esa mezcla mágico-religiosa-cultural: los barrancones, las parte-atrás, las orillas de los ríos, los callejones, el traqueteo, los buscones, el manoseo, el chiripeo, el tigueraje, el bugarroneo, el picoteo, la teoría del «somos padres de familia», que permite a cualquier ciudadano poner un negocio carente de sentido común sin respetar ninguna ley de ornato o urbanismo.

Mierdópolis, en cierta forma, resulta inaccesible para los Nuevos Ricos, ya que Mierdópolis no es sólo un asunto de dinero, también cuentan las relaciones sociales que se tengan, los apellidos que se lleven, el color de piel, el tipo de pelo. Los que mejor han respondido a esta situación discriminatoria son los Nuevos Ricos de Aquel Lado. A finales de los ochenta, el lavado de dinero producto del narcotráfico empezó a beneficiar a la Zona Oriental, lo que permitió darle una buena mano de pintura a barrios olvidados como el Ensanche Ozama, Los Molinos, Alma Rosa I y II, y El Rosal. Los bregadores que traqueteaban en la costa este de los Estados Unidos y que durante sus visitas al país, con todo ese dinero rebosando en los bolsillos y todo ese vehículo alquilado y toda esa cadena de oro y sus atuendos Kenneth Cole, Banana Republic, Armani, no eran admitidos en las discotecas y bares de Mierdópolis, decidieron montar tienda aparte de su lado y esto dio apertura a una serie de negocios de sano esparcimiento nocturno en un radio comprendido entre la Avenida Venezuela y la San Vicente de Paul. Sin contar además que estos negociantes incursionaron en el nicho de los moteles que existen camino a la Base Aérea de San Isidro. Los moteles eran tantos y como surgían pegados uno tan cerca del otro se desató una violenta campaña de mercadeo en donde la relación servicio-precio era la más importante: quien tuviese la televisión más grande, la Máquina del Amor o el *jacuzzi*, a un precio asequible, tenía parte del negocio cogido por el mango. Los clientes salieron beneficiados, ahora contaban con más opciones en cuanto a precio y calidad se refería.

Los negocios de Santo Domingo Oriental, como ahora se le llama a esta parte de la ciudad, son de lo más *kitsch* y divertido, tienen sus propias reglas. Puede decirse que estos lugares son, de alguna manera, inaccesibles para los riquitos, los blanquitos, la gente bien, fruta fina, nariz pará, si se quiere; aunque en ocasiones algunos se escabullen y entran jugando a la rebeldía pero a las dos horas se cansan de tanta salsa y tanto merengue del bueno, tanto culo moviéndose, tanto *reggaeton*, tanta cerveza grande servida en vasos de plástico, y deciden volver a la seguridad que les ofrece la música *lounge*, el confort de los cafés con DJs al fondo, que en realidad no hacen nada, sólo mueven la cabeza. Al día siguiente, en las butacas de las universidades privadas o en las oficinas de publicidad y arquitectura, estos muchachos, los que se atrevieron, se sentirán superiores a sus congéneres porque ellos sí tuvieron los cojones de beberse cuatro birras en el Águila y casi bailan un disco de Héctor Lavoe en medio de la pista.

Perdón por tanto mamotreto para decir que Imanol, luego del segundo cigarrillo, decide ir hasta donde Levi, pero no encuentra al José Levi de siempre, sino a un muchacho que hoy empieza a convertirse en hombre. Tiene los pies destrozados de tanto tropezar con las mismas rocas. Es difícil ver a alguien llorar, la cara se arruga y cambia, y si se descubre un hombro, se deja ir por unos minutos convencido de que algo bueno resultará de la expulsión del llanto. Una mano manchada de pintura y quemaduras de cigarrillo seca tres lágrimas sin hablar. Imanol entiende y se va con dos pasos de frente y luego da la espalda definitiva. Sube al Volkswagen, y decide ir por la Avenida Bolívar derecho. Frente al Parque Independencia un enano le pide una bola, «Empújeme hasta donde usté pueda, comando, que tengo na má que un pasaje y voy para El Nueve».

***

«Un buen desayuno es la base para un excelente día», había leído Gustaff en una caja de avena cuando era niño, época en que recibía los golpes de la vida sin matices, tal vez por la ingenuidad típica de un menor o por la esperanza que le brindaba el intuir que tenía todo el tiempo del mundo por delante para reponerse de las heridas que su ser empezaba a acumular.

Pero ya no es un niño. Frente a sí tiene tres huevos fritos con cebolla, trozos de plátano verde sancochados, media tajada de aguacate, y un café con leche. Come sin apetito pero mastica cada bocado con mucha disciplina. El Coro de Hermanas destroza los panes dentro de una palangana de chocolate de agua, comen y no paran de cantar. No pudo evitarse que Doña Caridá se diera cuenta de que Lubrini y él habían amanecido en la calle; había pasado la noche en vela y con diarrea por los nervios. Odió a Gustaff y le echó maldiciones suficientes para que cualquier cosa que se propusiera el muchacho en los próximos veinte años le saliera por la culata. Al verlos llegar con el sol como una buena noticia, dejó el odio atrás, dio gracias a sus dioses y fue al departamento de humo y grasa a voltear los calderos y prender las hornillas.

Pasaron la noche prometiéndose cosas y queriéndose sin miedo por entre una ciudad apagada. Al final decidieron irse juntos al día siguiente, o sea hoy.

Una vez terminado el desayuno, Gustaff se siente contento y decide salir a la calle. Cierra el portón de hierro con mucho cuidado y sin hacer ruido, cuestión de no despertar al padre de Lubrini que duerme la resaca en el piso de arriba. Afuera la humedad es insoportable. Nubes de mimes le vienen encima a cada momento para molestarlo. Y aunque la parada de autobuses queda a unas cuatro cuadras hacia arriba, decide ir al apartamento de su hermano, que está a diez calles pero en la dirección contraria. Es conciente y entiende que no está listo para enfrentar a La Buela, y cualquier excusa, aunque sea tan desagradable como visitar el hogar del difunto, le parece bastante razonable; una excusa pequeña y estúpida, porque nadie está totalmente listo para admitir que ha cometido un gran error. Compra cigarrillos y encendedor, por razones obvias los fósforos dejaron de tener sentido desde que perdió la mano en el accidente. Mientras camina, canta; luego cambia de acera sin procurarse sombra, atraviesa el Parque Mirador Sur con el humor bastante mejorado.

Llega al barrio residencial. Aquí el hormigueo es distinto. La gente no tiene necesidad de airear nada porque los techos son de concreto. Muchos de los propietarios han salido a sus lugares de trabajo o de compras para celebrar que el ciclón ya no viene; en las casas de buena familia quedan las señoras del servicio que comentan el clima al lado de la camioneta que anuncia berenjenas, papas, zanahorias y otras viandas. Algo cambia repentinamente cuando llega al edificio y ve las miradas que le da la gente; inmediatamente entiende: le falta una mano, anda sudado y no se ha bañado desde ayer, aunque es conciente que esto último no importa, la ausencia de la extremidad lo convierte en un pordiosero.

Baja la cabeza y sube los cinco pisos como penitencia. Al llegar a la puerta toma una bocanada de aire y con la mano buena introduce la llave en la cerradura, acto inútil, la puerta se halla abierta. Piensa un par de coños interrogantes mientras entra al desorden del apartamento y algo extraño se apodera de él, muy diferente a lo que sintió en la guagua que lo trajo a la ciudad; algo más cercano a la indiferencia que al odio se le estanca en el pecho, no lo deja respirar. Busca un sillón de mimbre, el mareo se hace dueño de su cabeza, trata de encender un cigarrillo. Al segundo copazo una mano fuerte y sucia le toca el hombro.

—¿Quién coño eres tú? —pregunta sobresaltado Gustaff. Las palabras salen guiadas por el miedo mientras se pone de pie. No es una pose desafiante. El cuerpo tiene el peso mal distribuido, no está preparado para recibir ningún golpe.

—Cógelo suave, viejo —sugiere Petafunte mostrándole el carné que lo identifica como policía.

Se estudian profundamente como luchadores en un cuadrilátero resbaloso, como dos gallos en una arena vacía. Gustaff hace las preguntas, el teniente logra identificarse. No puede quitar la mirada del muñón de su interrogador. Si alguien le hubiese dicho «Mira, Gustaff tiene los ojos así, los cabellos asá», quizás no lo hubiera reconocido, pero la mano que falta juega un papel determinante.

—Yo soy el teniente que estuvo asignado al caso de tu hermano, no te alteres.

De inmediato Imanol se hace una auto inspección y se da cuenta de que su aspecto no es para nada confiable, no se ha bañado, carga la cara cansada, sin afeitar. Al manco no le importa nada. Respira hondo y Petafunte le pide un cigarrillo. Salen a fumar al balcón trasero y de paso recogen una botella de Barceló Añejo que hay en el bar.

—¿Cómo pagaba tu hermano por este sitio? ¿Qué hacía...? Es un sitio caro, tiene que andar por los seis mil, este es un barrio más o menos. —Imanol hace estas preguntas como por decir algo, ya han agotado los temas triviales de conversación sobre el clima.

—Lo pagaba un hombre; además él disparaba, bregaba como *pusher* pa los riquitos, pero esas no son vainas que valgan ahora la pena —responde Gustaff, bebiendo rápido y sin interés de intimar. Imanol intenta otra pregunta, una más personal. Le inquieta saber por qué esta familia no quiere aclarar la situación de la muerte de Renato: alguien era culpable, alguien le había quitado la vida a la carne de su carne. Inmediatamente se da cuenta de que es inútil indagar más. Gustaff se remonta lejos de allí y no le interesa nada que tenga que ver con este mundo o el otro. Imanol nunca podrá imaginar que lo único que le pasa a este hombre por la cabeza sea el mundo de Lubrini, nada más.

Fuman sin disfrutar. Encienden los cigarrillos uno tras otro, mecánicamente. Imanol decide romper el silencio, pide permiso para usar el baño. Es como hablarle a una piedra, pero el teniente insiste. Ofrece que después pueden irse por ahí a tomarse un café, «quizás te interese saber algo de lo que pasó». Pero otra vez a Gustaff no le interesa, en realidad dejó de importarle todo hace mucho tiempo y mientras el hombre se retira hacia el baño con el rabo entre las piernas, él reconsidera el llanto en la guagua que lo trajo a la capital, la escenita de nervios que lo descojonó en el asiento. Era un llanto inmediato, no una pena acumulada. En realidad no odiaba a Renato, amar a alguien es una condición general para el odio, pero desde el accidente empezó a sentir una profunda aversión al desperdicio de la vida. Empezó a odiar cualquier cosa que tuviese dos manos y no cojeara. Nadie se recupera de una pérdida como esa. Luego del accidente, mientras apretaba las muelas para aguantar el dolor en la cama del hospital, sentía que los días pasaban sin sentido propio, como si no tuviese dedos en esa mano para contarlos. La presión en el cúmulo de uñas, músculo y carne desaparecido era permanente. Durante el día, un doctor joven, con una mueca de pena, lo encontraba sudoroso luego de haber soñado que la mano estaba, que volvía, que retoñaba. El doctor, con estetoscopio y bata blanca, abrumado, sin poder acostumbrarse al dolor ajeno, le hablaba en términos demasiado técnicos sin mirarle a los ojos.

De noche, una enfermera gorda y morena, con la cara grasosa, se acercaba con una Biblia en la mano y hablaba de conformidad; murmuraba que aunque se tuviesen defectos físicos uno seguía siendo un ser valioso ante los ojos de Dios, que vendrían tiempos difíciles pero que considerara la oración, que es un buen ejercicio para salvar el alma. Una madrugada, entre la euforia y el espanto de tanta procaína diluida como agente regulador y la nauseabunda tristeza, él le dijo, como para asustarla, como para quitársela de encima, que si ella quería ayudar, que si de verdad ella quería servir para algo, por favor le hiciese una paja. La gorda abrió los ojos como nunca y fue posible contar los pálpitos de su corazón. La oscuridad conservó la mordida del labio inferior mientras ella, samaritana, tomaba una toalla de mano y la posaba encima del miembro muerto que ella logró revivir con la misma mano con la que agita el pandero durante el culto, la misma mano que recoge las ofrendas de cinco, diez y veinte pesos, cincuenta y cien de los que tienen más fe. El muchacho tardó un poco en venirse pero el lechazo fue copioso. Ella probó una pizca de semen, ya estaba en esas, que más daba, luego se limpió la mano con la misma toalla y al día siguiente pidió su transferencia a la unidad de quemados.

Por esa noche Gustaff se libró de la pesadilla que lo acechaba desde el accidente: caminaba por la Zona Colonial y al encontrarse con dos conocidos intentaba saludarlos, estrechar sus manos, pero los veía alejarse con sus manos tendidas; más adelante, en el mismo sueño, se sabía en el interior de una sala de cine, Cantinflas llenaba la pantalla, y su mano ausente intentaba perderse por entre las teticas florecientes de Candela, cuyo rostro permanecía impasible.

ÚLTIMO
Desde el frente local

¿qué mal sufre un muerto?
¿contra qué defenderlo?
Fernando Pessoa

No hay agua. Imanol se las arregla destapando el tanque del inodoro. Es suficiente para darse un dedo de Colgate, lavarse los sobacos y la bolsa. Intenta rasurarse con cuidado, pero se corta dos veces. Buscando la loción para después de afeitarse, encuentra un desodorante, algunos condones y cierto tipo de ungüento para las hemorroides. Entra a la habitación y se toma la libertad de usar la ropa del muerto. ¿Qué pasa con las cosas del que muere? Puede que vayan muriendo poco a poco, o queden para las polillas y el olvido. Unos buenos *jeans* y una camisa blanca, Oxford estilo botón abajo, que se remanga hasta bien arriba de los codos. Medias limpias y los mismos zapatos resecos. Cuando llega a la sala encuentra a Gustaff listo para irse de ahí. Le dice que tiene hambre, que pueden bajar y comerse algo, tomarse un café. Imanol ofrece pagar, Gustaff no contesta, pero decide acompañarlo.

Imanol maneja la patrulla como esquivando el calor de la tarde. Se detienen en una esquina frente al Parque Independencia y comen empanadas. Piden una cerveza grande que se beben inmediatamente. Llegan hasta el Parque Colón, se sientan en un café con meseros de corbatín que no dicen «Buenas tardes» ni nada. Luego de tomar el pedido con cara de aburrimiento, el mesero reaparece con una botella grande de Bohemia bien fría. El mesero intuye que estos pendejos no le van a dejar ni un peso de propina, pero saca fuerzas para decir «Buen provecho», sin sonreír. La cerveza está buena, les hace cosquillas en la garganta. Gustaff, en un movimiento inconsciente, esconde la mano, perdón, el muñón, en el bolsillo; hace esto cuando está entre la gente. Imanol lo nota y se dice que no puede ser tan indecente como para preguntarle algo relacionado con el accidente, aunque hace la pregunta de todas maneras, como para poner conversación.

—Viejo, ¿qué fue lo que pasó?, ¿o sea, cómo fue...?

Gustaff se da un trago conciente de que no va a responder a esa pregunta, no tiene porqué. Petafunte enciende un cigarrillo como excusa, sabiendo que no le van a contestar, que el número que ha marcado no está en servicio.

El viento, que anuncia más agua, desacelera la tarde. Frente a la Catedral, una pequeña y babosa multitud está en medio de una sesión fotográfica.

—Mira, una boda... ese pendejo se dejó coger —dice el manco al final de un trago, haciendo señas con los ojos al camarero para que les traiga otra cerveza. Petafunte reconoce a la muchacha flaca, mucho más linda ahora, enclaustrada en el traje blanco de diseñador que no la deja respirar. Se mueve con nervios fingidos entre varias damas de honor, todas deliciosamente vestidas, maquilladas, peinadas; todas con muy buenas tetas. Imanol cambia de humor, crispa los puños y bebe la cerveza conciente de que él tiene todo el dinero del mundo para pagar.

Los baña un aire de tranquilidad y la tarde se vuelve insoportable. El teniente no se atreve a decirle al mocho que aquella mujer mató a su hermano. Al ver a Sera entrar a la iglesia siente un dolorcito en el costado, como si le hubiesen dado una puñalada. Él conoce muy bien la sensación. Hace mucho estuvo de puesto en Manzanillo por seis meses. Una madrugada se armó un rebú por un cuero de cortina llamado Estrellita. Él no tenía nada con ella, sólo que estaba muy borracho y le brindó dos cervezas, porque cuando se emborracha se pone muy generoso y le coge con que se encuentra muy solo en este mundo y lo único que quiere es un abrazo o una caricia, como mucho un beso, de quien sea. El novio de Estrellita llegó al negocio como en las películas de vaqueros; a Petafunte lo señalaron y el hombre le dio una puñalada por la espalda. Perdió mucha sangre pero, alabado sea el Padre, ningún órgano quedó afectado. Otros seis meses después aquel concubino fue declarado muerto por el médico legista a las cuatro y cuarenta y cinco de la mañana, debido a varios impactos de bala recibidos desde un revólver calibre 38 en medio de un intercambio de disparos.

Empieza a lloviznar. Gustaff se excusa, tiene que irse. Imanol pide una última cerveza que beben de prisa; luego, acorde con lo prometido en el apartamento de Renato, paga la cuenta. La tarde se oscurece al tiempo que regresa la lluvia. Se despiden sin apretón de manos. Imanol se pone a la orden para cualquier cosa, sabe que ha perdido la batalla. Gustaff no lo escucha, tiene su propio dilema: ahora tiene que elegir hacia dónde y cuándo escapar.

***

En un dos por tres la ciudad se llena de agua fría y viento. La gente busca refugio en los zaguanes, pero Imanol decide caminar hasta la Catedral. Un agente de seguridad le impide el paso y él lo manda a la mierda con rango y todo. El hombre le suplica que no pase de la puerta, no quiere perder su trabajo, así que Petafunte acepta ser bendecido por el bíblico aguacero que destroza el cielo. Mientras la joven pareja se jura amor eterno frente a un enviado especial del Cardenal, el teniente se extasía con la espalda perfecta, el moño recogido con flores en la nuca. La imagina feliz, saliéndose con la suya. Pero él hará la diferencia, él se pondrá los cojones. Ensaya una escena de telenovela horrible. El sacerdote dice «Si alguien tiene alguna objeción para que esta unión se realice, que hable ahora o calle para siempre». Él levanta el brazo, y pistola en mano se lleva a la novia, al tiempo que grita «El que se me pegue lo rompo». También fabula una variante cursi, estilo Corín Tellado: él entra a la iglesia y dice «Yo me opongo». Acto seguido, la novia, rebosante de felicidad, huye con él en un caballo blanco que los espera afuera de la iglesia.

Pero en esa lluviosa tarde no hay caballos ni objeciones. La boda va. La ropa se moja poco a poco pero él quiere empaparse de terremoto. Sigue imaginando entre la frialdad del agua que cae y las cervezas que le corren en la sangre; ya no tiene control de lo que le pasa por la cabeza.

Lo saca del sueño el tropel de invitados contentos, que desea lo mejor y echa bendiciones a la nueva pareja. No hay celebraciones de arroz de colores porque afuera continúa lloviendo. Él la siente tan cerca en medio de la multitud, pero muy ocupada como para ponerle caso a este hombre tan triste y tan empapado que la observa. Por unos instantes espera encontrarse con los ojos pequeños y decididos; le gustaría, en nombre del difunto, arruinarle por unos minutos la felicidad, pero en ese trajín se da cuenta de que es él quien se arruina, quien sufre, quien se quema por dentro. Decide dejarla salirse con la suya, además hace mucho que ella lo ha logrado.

***

Los novios, con rumbo definido, piden al chofer que los lleva a la recepción que cambie las noticias. El chofer hubiese preferido el silencio de la pareja para seguir escuchando al hombre de voz ronca, quien comenzaba a explicar lo que se entiende por «el ojo del huracán». El ojo es un área de relativa calma, la misma que habían experimentado horas antes; está rodeado por paredes de nubes espesas cargadas de espanto. En el interior del ojo, sin embargo, debido a las altas temperaturas y a la presencia de viento caliente, el agua evaporada es arrastrada rápidamente hacia arriba, originándose un aire seco, incapaz de condensarse y por ende, sin nubes.

En la televisión, entre un boletín meteorológico y otro, comienza a la misma hora en cuatro canales el bloque de telenovelas que durará tres horas hasta la próxima tanda de noticias. Los demás canales pasan programas de deportes, una que otra comedia, series extranjeras y espectáculos de farándula y variedades. Esa es la programación local ya que el Telecable cuenta otra historia. En uno de esos programas de variedades, una rubia con sobrepeso comenta, entre otras sandeces, la boda de Sera y Luciano. Habla de un vestido que despierta tristezas, habla de las exquisiteces gastronómicas, del vino, de la orquesta, del bizcocho, de dónde los novios pasarán la luna de miel; al final ofrece un pequeño perfil de ambos: ella, joven y prominente abogada hija de...; él, la misma historia.

Lo que la presentadora no comenta es que dentro de unas horas, cuando la fiesta se aloque y las vodkas y las rayas hagan sus efectos, Sera, Luciano y la dama de honor estarán en la cama, buscándose y perdiéndose. No amanecerán juntos. A la dama de honor le gustan esos juegos pero es mejor evitar el proceso de verse por la mañana en lo que se cuela el café y todo eso; conviene dejar a los novios a solas y por eso ella meterá el vestido de gala en una bolsa de lavandería, se pondrá unos *jeans* como quiera y se recogerá el pelo. Al despedirse besará a ambos en la boca y prometerán juntarse para el almuerzo. Los novios no podrán salir de viaje hasta que se levante el alerta de huracán.

Sera le tirará un brazo a Luciano para conseguirlo en medio del sueño pero él le dará la espalda y ella soñará. Después de la sesión de fotos frente a la iglesia la gente desaparece. Ella camina sola por las calles mal adoquinadas y llenas de escombros; persigue a alguien. Comienza el desasosiego. Intenta tomar una bocanada de aire pero no es posible. Persigue al Deseo y este dobla por los callejones. Sus manos buscan y las uñas encuentran carne: es el Placer, sí, esta falta de aire. El Deseo le saca la lengua, se burla. Rueda los ojos hacia arriba, emite un gritito y el aire llega a la tráquea. La intensidad baja pero el sudor ya está ahí. Empieza a llover. El Deseo se desvanece pero no puede moverse, siente un inmenso cansancio y el Placer regresa convertido en un hombre de plata. Está dispuesta a ser poseída por el recién llegado. Hay un dispararse de botones. Toca el falo frío y pesado, la plata brilla entre la lluvia. Guía el artefacto hasta la parte más húmeda. Los quejidos llegan desde el bajo vientre. El Deseo llena la plaza y los edificios que cojean. El hombre de la pinga plateada no se inmuta y se lo mete de forma experta, piensa frívolamente que ese va a ser un orgasmo caro y mineral. Se ríe, goza, abre la boca y las gotas que continúan su ejercicio de dejar el cielo vacío, la llenan. Está exhausta, se ha entregado a la locura de la formalidad y ahora es penetrada por la tierra. La plata sale erectísima todavía y se presenta frente a su cara, la sujeta al nivel de la boca y puede ver el reflejo de una cara hinchándose: es el rostro de Petafunte, llenándose de sangre negra mientras la boca, desbordante de pólvora, sonríe. El hombre de plata desaparece y la lluvia adquiere un sabor a cosa quemada. El Placer reaparece de entre los callejones llevando una luz chispeante en la diestra y un letrero en la siniestra: «Esperamos el otoño y el gran oficio del deshacer como gusano que se traga el tiempo».

Sera despertará sobresaltada a eso de las nueve de la mañana con un dolor de cabeza del carajo. Luciano se habrá ido. Ella estará sola en medio del desorden de colillas y botellas vacías. Entenderá que hay señales inequívocas del desastre que sólo los sueños pueden brindar, o los libros que nadie leerá, que nunca llegarán a las escuelas públicas.

***

El aguacero agarra a Gustaff antes de alcanzar la casa de Lubrini. Abre el portón y se encuentra con un gran alboroto; nada fuera de lo común, en realidad. El padre golpea la cabeza contra las imágenes de los santos y Doña Caridá menea un enorme cucharón de madera dentro de una olla negra, se seca el sudor y las lágrimas mezcladas con mocos, todo al mismo tiempo. Las Hermanas, al garete, bailan bajo la lluvia tomadas de las manos, como poseídas. Doña Caridá explica al joven empapado y tembloroso que le está arruinando la alfombra, que Lubrini se marchó temprano y no ha dado razón —ellos tenían la esperanza que estuviese con él—; que antes de irse fue hasta el equipo de música y quitó un disco de Mahler que ella les había puesto a las muchachas ya que así se tranquilizan un poco.

Efectivamente Lubrini se acercó hasta la radio con decisión. La música que calmaba a las bestias le causaba un doloroso efecto. Era la Sinfonía No. 8, la de los Mil. Lubrini había escuchado este poema convertido en música sublime en sus momentos más urgentes, las manos le sudaban y la piel se volvía escabrosa, insoportable; pensaba en los niños marchando hacia la muerte de fiebre roja, las llamas consumiendo la piel nueva, el achicharramiento de la sangre, la ebullición de las venas y el olvido... tanto llanto no puede apagar el fuego:

Veni, creator spiritus
Mentes tuorum visita
Imple superna gratia
Quae tu creasti pectora*

No pudo más. Con un dedo pulsó *stop*, luego *eject*. Cogió un disco de *Rage Against the Machine*, conciente de que esta música alocaría al desgraciado Coro de las Hijas de la Gran Puta y se dijo «Vamos a ver si es verdá que el gas pela».

Al final de la tarde Gustaff llega a Villa Duarte pensando en dónde coño anda Lubrini. El barrio sufre un apagón, salvo algunas casas que tienen generadores eléctricos, los demás interiores se iluminan por velas y lámparas de gas. Finalmente entra a la casa de La Buela y encuentra a la muchacha flaca en la penumbra. Saluda y ella se acerca a él. Puede oler su fragancia a jabón barato, aunque tiene la misma ropa de antes.

—¿Dónde estabas? —pregunta ella, sin darle tiempo a respirar.

—Por ahí —dice él, inmóvil.

La muchacha baja los ojos, al tiempo que lo pone al tanto que La Buela está enferma; se ha puesto muy mal desde que regresó del cementerio. El tío Ánforo anda haciendo diligencias para llevársela al Hospital Central.

Gustaff repara en la corona de flores en una esquina de la destartalada sala. Él no puede leer lo consignado en la cinta morada, la luz no es suficiente y además, no le da la gana acercarse al arreglo floral, aunque reconoce

---

*Ven, espíritu creador / visita las almas de tus fieles / llena de gracia celestial / los corazones que tú creaste.

el olor a flor de muerto y los recuerdos del cementerio lo atormentan de nuevo, e indaga sobre su origen:

—¿Quién la mandó?

—La trajo un señor del Cuerpo de Bomberos. Durante los últimos tres años Renato trabajó en el desfile de los Santos Reyes, cuando la caravana repartía juguetes baratos a los niños pobres; él se disfrazaba de rey mago.

—¿De cuál? —pregunta Gustaff, luego de unos segundos, pensando en mil cosas al mismo tiempo, adivinando el cuerpo afiebrado de La Buela, muriéndose de pena al otro lado de la pieza dividida por una hoja de cartón piedra.

—¿De cuál qué? —interroga ella a su vez, anonadada, estúpida.

—Que de cuál rey se disfrazaba.

—Ah, qué se yo... de Baltasar, creo.

Gustaff decide sentarse y manifiesta su deseo de bañarse. La muchacha mira al pedazo de hombre bastante maltratado y le indica que no se apure, que ella se lo arregla ahora mismo. En ese momento llega el tío Ánforo y la muchacha entiende que debe retirarse. El tío intenta ignorar al sobrino, aunque antes de pasar a la cocina le dice sin mirarlo «Voy a colar un café antes de llevarme a la vieja al médico; te quedan quince minutos». A Gustaff se le ponen los huevos a catorce. Deberá enfrentar la conversación que ha evitado durante gran parte de su vida.

Entra a la pieza y se mete por debajo del mosquitero azul. La vieja respira con mucho trabajo. Arde en fiebre. Gustaff habla de muchas cosas, como siempre con sus lágrimas falsas. Mentiras que se pronuncian justamente en los momentos de desesperación extrema, cuando se es tan estúpido y no se sabe que un abrazo y un buen beso pueden solucionarlo todo. Luego del discursito, el tío Ánforo entra a la habitación y le susurra a la vieja que es hora de irse. Mientras se incorpora, La Buela le dice al nieto, como si estuviese hablando con un espectro, «Usté sabía cuál era su responsabilidad, usté era el mayor. Yo no le echo la culpa de nada, si el sombrero le sirve acomódeselo. Ya todo pasó, desde aquí no hay rencores. Váyase por la sombra y no se deje caer esa agua, que anda una gripe que mata gente».

Muy en el fondo Gustaff sabe que no la volverá a ver, de esta no se salva. Coño, la vieja se ha pasado la vida aguantando golpes y el cuerpo se cansa: «No hay mal que dure cien años, ni cuerpo que lo resista». Gustaff pudo notar el cansancio de la Buela en el cementerio. Se ha muerto tanta gente a su lado, caramba, ha tenido que enterrar a tantos. Sólo le resta vivir un lento y sucio declive hacia una muerte solitaria.

La muchacha lo busca y lo convence de que la siga hasta el baño. Lo ayuda a desvestirse. Le da un trago de lo único que hay en la casa, una botella de Anís del Mono de la última navidad de pobres. Beben del mismo vaso sin decir una palabra. De un momento a otro ella lo besa sin preguntar, sin pensar, y derrama el líquido dulce dentro de su boca. Él toma la iniciativa y le quita la camisa vieja y gracias a la luz mortecina de una vela puede ver el cuerpo de carnes firmes, heridas pasadas, lunares; los dedos de la mano única hacen el inventario.

La muchacha está llena de sorpresas. Lo termina de desvestir como a un niño, los espera una cubeta de agua caliente con pastillas de alcanfor, hojas de ruda y astillas de canela. El olor de la infusión les llega hasta el alma. Ella acaba de desnudarse y el cuerpo flaco, entregado a la penumbra, adquiere una espectacularidad de espanto. Los corazones laten con ímpetu, quieren salir corriendo de la caja torácica. Al tocar el agua, los pezones de la flaca se erizan. El resto es un acariciarse largamente, en silencio, con cuidados premeditados, con acechanza, como sanando heridas, con miedo a despertar esas bestias que duermen bajo la piel, como quitando escombros de catástrofes. Ella da el primer paso y busca el miembro que la espera y entran hacia un amor con pausas para respirar profundamente. Hay un delicioso tirar de cabelleras y él desea manos, no la que le falta, quiere más manos para poder aprovecharla en su momento mejor; muerde el labio, abraza hasta la asfixia, exprime con las piernas, mientras ella piensa en caracoles secos, huérfanos, muriéndose de pena en las cascadas, en hombres-bestia del monte y tortugas ancianas. La mano restante se aferra a la espalda. Ella lo va a derramar hasta la muerte. Qué pasará ahora si ella se va, ahora que ha descubierto esos hombros huesudos, ese vaivén inocente de sus tetas, ese querer morirse de su pelo a ramalazos, ese acento de asesina que lo está rescatando del silencio y de la culpa, de esa vida paralela que lleva todo ser, aunque lo ignora por la inevitable inercia del día a día.

La noche los acoge en la cama en la que él durmió hasta la adolescencia. Beben a sorbitos lo que queda de una damajuana de mariscos que encontraron escondida en la cocina. La muchacha relata su pasado abrazada a Gustaff, dejando descansar la cabeza en su pecho, que respira con dificultad. Ella está feliz, ha gozado como nunca antes, aunque sabe que ese momento de plenitud va a durar poco.

—Me voy mañana —anuncia Gustaff, encendiendo un cigarrillo y prolongando la lumbre para verla completa de nuevo.

—Me voy contigo —contesta ella sin darle mucha mente al asunto.

Gustaff piensa en la respuesta, uno, tres minutos, en silencio... una eternidad, hasta que responde que de acuerdo, se irán juntos, aunque él tendrá la secreta certeza de que sale de un lío para meterse en otro.

***

Son casi las seis de la tarde y el clima se ha puesto violento. A Doña Caridá los nervios le han cogido con limpiar la casa y rezar por lo bajo, pensando dónde caramba se ha metido Lubrini. El Coro de Bestias duerme aún una prolongada siesta y ella piensa que después del ciclón las va a mandar a un campamento de verano a ver si se aquietan; qué cojones, mandarle ese pecado a otra gente por más de dos semanas. El padre reposa tirado en un mueble de mimbre con una botella de Chivas Regal terciada sobre las piernas. A lo largo del día la barba le ha crecido con tocones grises y sus ojos están perdidos. En medio de la limpieza la doña tropieza con un gran sobre de manila amarillo. «Para Gustaff», reza la inscripción hecha con letras nerviosas. ¿Qué habrá adentro? Quizás encuentre ahí la respuesta a esta angustia que genera la desaparición de Lubrini.

El secreto es un manuscrito: *Playarota*. Setenta y siete textos, con la siguiente dedicatoria: «A Candela, por haberme enseñado todo lo que aprendí demasiado tarde». También saca fotos en blanco y negro, tardes en el Jardín Botánico, corazones juntos, cansados, mirando hacia la bahía, un sobre tamaño carta en donde descansa una epístola rota que Gustaff no leerá porque nunca sabrá de su existencia.

Gustaff de la mierda.
Me voy como viento de hojas en almendro seco y arena revoloteada en pluma de pavo real. Me llevo el mal olor de las avenidas, los perros asesinados y el diluvio. Contaré cayenas en el camino y extrañaré la música que te salía del forro, del farol de tu desidia, de los músculos de tu antebrazo. Entraré en estado de elevación, de miseria indigna, de dioses inconformes. Tú también te irás, tu destino está en las paradas de autobuses, quizás en los aeropuertos... Gustaff, tú no conoces los andenes, no sabes lo que se sufre a la espera de un tren que ha perdido el itinerario. Lo tuyo son los puertos turísticos y las limosnas de canadienses con camaritas al cuello. Todo eso me da asco. Llegó el tiempo de las vacas flacas, papá, el momento de que las espaldas amaestradas a latigazos se levanten.

Ahí te dejo la carne sin hueso, las pesadillas que se escaparon de ser ejecutadas mientras lograba convertirme en letra. Estas son las pesadillas que se han revolcado con tinta y se han quedado grabadas en papel para nadie.

Espero que también sepas escaparte cuando las leas. Ya acabaron con los perros, Gustaff, ahora les toca el turno a las ratas, luego vendrán por nosotros, así que arranca.

Me voy como cosa, me alejo para enterrar todo lo pendiente. No tengas miedo... sólo asume eso, este inmenso deseo de ser semilla.

Lubrini

***

Petafunte, inmóvil dentro de la patrulla, se sumerge lentamente en una meditación acerca de los sueños, precisamente esos en los que uno no puede gritar ni moverse. Ha visto a Sera marcharse a su vida de casada, ha visto gente besarse en los zaguanes mientras espera a que la lluvia pase, sabiendo de antemano que no va a escampar nunca más. Sacude la cabeza ligeramente como para espantar los pensamientos morones. Se busca en los bolsillos y encuentra el sobre húmedo con el dinero bien habido, media cajetilla de cigarrillos secos, un papel doblado en seis que no puede reconocer. No es de él pero al ponerse los pantalones del muerto tiene que asumir su destierro. Parece un poema, de seguro algo que Renato había escrito con frenesí. La vida es ridícula, la gente la malgasta, la maltrata; sin embargo, la muerte se ha ganado, con los años, cierto respeto, quizás por eso se es prudente antes de inmiscuirse en asuntos que la involucren.

Manda todo a la mierda y comienza a fumar. Toma una decisión súbita, como esas que se toman en momentos de desespero o en la calma absoluta y asquerosa de la noche. Empieza a leer el poema; no le importa haber escrito el poema o no:

Sera no es una mujer nueva
es todo este conflicto de mi sangre
toda la historia del conjunto de latidos
la confusión de fluidos
su política sus huesos rotos
todos sus ruidos de aviones de burros

*de cruces y gusanos
sus altares llenos de comejenes
es por eso que esta noche
ya no estaré con ella...*

Imanol lee y fuma, enciende un cigarro con la lumbre del otro. Piensa que sólo fumando se puede aguantar esto. El ruido de estática de la radio de la patrulla interrumpe su lectura; se escucha la voz del capitán Rossana: «Adelante PP1 para todas las unidades. Redada en la San Martín con Delgado, en la misma esquina hay una casa que funciona de día como una fábrica de envases plásticos y está pintada de verde. Todas las unidades de servicio deben estar cinco-cinco por la zona. Cambio». Estática. El teniente respira hondo y da arranque al Volkswagen. Piensa otra vez en el sobre con dinero y lo asocia con Candela, cuántas noches podría pasar con la morena por esa cantidad. Nunca terminará de leer el poema pero eso no importa. De repente se llena del pavoroso deseo de encontrar la bala que acabará con toda esta vaina.

***

El bar está listo. Las esquinas han sido lavadas y perfumadas con desinfectante Pinol. Se pasó el trapo a las mesas y se ha contenido las goteras de la mejor manera posible. En unas cuantas horas el local estará abierto para el disfrute general del patético público que se da cita todas las noches en la barra de Don Polín.

Petra, Candela y Nacho comparten un pollo asado con tostones, aprovechando que aún no han apagado todas las luces. Miran las noticias antes de que empiece la novela de las ocho. Las noticias han variado poco desde hace días y las palabras que se repiten se clavan en la memoria: «frente de baja presión»; «evacuaciones en las áreas de los ríos, cañadas y zonas aledañas»; «deslizamientos de tierra»; «la trayectoria del huracán»; «esta ha sido una temporada dura»; «el abecedario se ha quedado corto para nombrar todos los huracanes de este año».

De pronto, la mujer del noticiero es criticada por las muchachas: que el peinado es horrible, que la base de maquillaje no le favorece para nada, que se le ven todos los baches de la cara. Los labios mal pintados de la mujer televisada dan fe de que «al final de la tarde, en un operativo conjunto realizado por la Policía Nacional y la Dirección Nacional de Control de Drogas en una zona cercana al barrio de San Carlos, cayó en un intercambio de disparos el teniente de la Policía Nacional Imanol Venancio Petafunte de Todos los Santos».

Candela deja de masticar por un momento. Le sobreviene un miedo pequeño, ese que le llega a las personas minutos antes de comprobar lo irremediable. Traga con dificultad lo que ha logrado masticar. Petra también pone atención pero sigue comiendo. Nacho aprovecha la confusión y se adueña de la pechuga. Todo queda confirmado cuando en el recuadro presentan una foto borrosa del hombre, de seguro recortada del carné arrugado que llevaba en los bolsillos.

Candela hubiese querido que ese hombre fuera algo de ella, cualquier cosa, así tendría la excusa para pedir la noche libre, haría diligencias para recoger el cuerpo, para enterrarlo, para llorarlo.

Se recupera rápido. Va hasta los tramos y consigue una botella de ron que tenía empezada y se da uno, dos tragos al pelo. «La gente se muere, coño. Una recibe las noticias y todo pasa... la vaina es cuando la muerte pica tan cerca, cuando una es parte de todas estas raras coincidencias, esas vainas que nunca le suceden a una; historias que la gente hace y que una escucha de tercera mano, cuando se es protagonista de la muerte contundente y no de este pequeño circo de cada noche, debajo de cada hombre diferente, como reptil debajo de la piedra; el recital de la misma poesía: 'muévete, papi', 'mátame, verdugo', 'dame más duro', 'dame tu leche', 'a que no me das tu leche ahora, papi', 'así es que me gustan los hombres', 'cualquiera ni te cobra', 'maldito azaroso', 'muévete así, coño, que ya me voy a venir', 'sácamela, coño, sácamela bien sacá'; luego vienen respiraciones y sudor que gotea; en ese momento los hombres pesan, pero si el hombre te gusta un poquito ese peso es bueno y ese olor de fluidos mezclados que sube desde el final es agradable y se soporta, pero cuando todo esto se vuelve actividad de supervivencia, lo que queda es encender otro cigarrillo, contener la amargura que va subiendo porque después de un polvo insensible lo que quiero es que se vayan, que desaparezcan, que paguen y que no jodan con preguntas ni alabanzas: 'diablo, negra, la verdá es que tú tienes tu vaina, maldita perra', 'tú eres fea con cojones pero te mueves como una bestia', 'tienes la cara como un culo pero un culo que saca la cara por ti', 'trescientos pesos es lo que hay, coño, cógelo o déjalo'. Siempre una termina cogiéndolos porque aquí lo que vale es pájaro en mano y hay que asegurar aunque sea una de las comidas calientes de mañana. Es la misma muerte pero esta es más lenta, una va dejando un pedazo cada noche y te van amputando la vida poco a poco. Te lo van metiendo frío. Esta muerte es tan trágica como un repentino accidente o un ataque al corazón o un derrame cerebral o una gonorrea mal atendida. Con esta muerte una no tiene certeza de nada, esta muerte es hombre a hombre, trago a trago, cigarrillo a cigarrillo».

Un tercer trago de ron acelera las divagaciones de Candela. «La vida te entrega sin remedio a esta voltereta de basura y desesperanza caribeñas y cuando se acaba el combustible de la ingenuidad, la vida empieza por darte pequeños pellizcos, como para que vayas cogiendo, pero una está muy ocupada soñando con lo grandiosa que será la vida y con el muchachito de ojos galanos que vive en la esquina, con los juegos de la botellita los sábados en la tarde, antes del ciclo de películas de artes marciales; luego la vida se pone para eso y te abofetea: 'Despierta, coño, que esto es lo que hay, mete mano'». El mejor consejo para enfrentar la vida se lo había dado La Buela una mañana bendecida por un olor a nuevo: «Hay una regla general para bregar con las cosas: presume lo peor de la gente y te sorprenderás de vez en cuando; si presumes lo bueno te encontrarás con el alma devastada a diario».

El ruido de la vellonera inunda el lugar como presagio de lo que será la noche. Candela regresa a la realidad del bar atraída por las luces de colores que empiezan su eterno meneo. Nacho retuerce la boca por lo bajo criticando la ola de violencia que arropa la ciudad. Imanol Petafunte es recordado con más lástima que cariño por tres seres que, ajenos a todo, mastican un pollo en un antro que hace las veces de prostíbulo. Es quizás el único lugar en donde lo recuerdan. Es quizás la única forma en que le hubiese gustado ser recordado.

***

Cuando el teniente Imanol Petafunte escuchó el primer disparo, bajó de la patrulla con su revólver en la mano. Aún no tenía idea que el miedo lo estaba esperando. La calle era territorio de guerra. Le dolían sus mandíbulas. Era como si media ciudad le estuviese disparando. En menos de treinta segundos, la extraña sensación de que el ruido de los disparos estaba dentro de él, recorría su cuerpo.

Afuera, luego de que el área había sido asegurada, Petafunte yacía en el pavimento sin que nadie se atreviera a tocarlo. Adentro, el ruido se iba apagando poco a poco, comenzaba la corta revolución: hemorragia inminente; toda la sangre acudía inútilmente a la cabeza, se desplazaba por el pequeño orificio de entrada, por el espeluznante boquete de salida, se convertía en el chorro de sangre negra que rodaba por la cuneta hasta llegar a la alcantarilla. La sangre, mucho antes que el cuerpo, estaría bajo la tierra.

La cabeza destrozada por el impacto, calcinada por la quemadura e incrustada de pólvora, intentaba recordar: la historia de un niño que nació un día siete del año setenta y siete a las siete de la mañana, a quien le pronosticaron mucha suerte y larga vida, y se cagó al momento justo de nacer; las tardes solitarias del politécnico con el aire lleno de ron y melaza, un aire bueno, ingenuo, hecho para el amor, para sonreír y sudar; las masturbaciones en los platanales, la Academia de Policía; aquel sueño recurrente, el abuso, las miradas con el pudor del reojo en los baños, los paquitos pornográficos en blanco y negro; la sensación de que una bala te penetre, el ardor, el asfalto mojado, el sabor a sangre quemada en la boca, una luz de neón, las finas agujas de agua de lo que antes era llovizna; el pelo, el olor de Sera, el aguacero tímido y constante.

Tronaba pero la gente no temía a los rayos y al agua torrencial que caía del cielo, aunque se procuraba capas, impermeables, sombrillas, cartones, nadie quería mojarse. El agente Iván Aceituno, quien había llegado a la escena del crimen minutos después del tiroteo, arropó al muerto con un pedazo de lona verde. Antes de cubrir el cadáver recogió el revólver que nunca llegó a dispararse; revisó los bolsillos del teniente, encontró el soñado sobre que el día anterior el capitán Rossana había entregado al ahora occiso; casi sonrió, miró a todos los lados y se lo embolsilló. El poema se había salvado, no estaba empapado del todo pero se escapaba del rastreo de Aceituno, que terminó tirando la lona sobre el cuerpo. «La gente se muere y punto», pensó. Buscó refugio con los otros debajo de un toldo, allí esperaría al médico legista.

Como para acabar de joderse, el cadáver del teniente quedó solo bajo el feroz aguacero. «Ojalá sea un ciclón batatero», pensó Petafunte en el momento final.

EPÍLOGO
Los damnificados

cicatriz como alma larga
la boca
un pez mojado
hojas que tiemblan
cocoteros que se acuestan
porque quiero verte
acaba por fin el inventario
me he arrancado la ropa
anota eso

Playarota
Lubrini
Editoriales de Grafito, 84 págs.

La lluvia persistirá. Al comienzo de la noche, el doctor Gideon descubrirá el cuerpo frío del teniente Petafunte, ahogado en sangre, lluvia y orines. La lona empapada lo separará del secreto. No podrá evitar que se le forme un nudo en su garganta. No importa el tiempo que lleva realizando su trabajo de médico legista, a veces le entran ganas de llorar en medio del turno. A la mañana siguiente, en la morgue, su mano temblorosa tomará las tijeras y cortará las ropas. Trabajo es trabajo, aunque, por primera vez en muchos años, sentirá náuseas al adelantar la necropsia. Con su voz podrida empezará a describir para la grabadora los pormenores de la autopsia. Luego revisará sin reparo los jirones de ropa y encontrará la billetera vieja, abultada por la humedad. Fotos horribles, una estampita de un santo indescifrable. En otro bolsillo hallará un papelito mojado por los bordes, doblado en seis, un poema sin terminar que leerá en voz alta, olvidando por completo que la grabadora estará registrando su voz ronca, tiesa:

> ...*Sera*
> *ella allá y yo soñando*
> *yo enamorado de ella y ella de otro*
> *contemplamos lo inesperado*
> *Sera viene de lejos*
> *de callejones de islas de sietes*
> *viene haciendo bulla*
> *viene saltando entre bujías*
> *vende su demonio a cambio de una sonrisa*
>
> *y ahora venir a mí*
> *que soy un conito de hilo*
> *una pelotita de poligoma*
> *una mariposa muerta en playa sucia*
> *Sera*
> *latido cancerígeno*
> *tema inacabable*

espejo roto
calvario sustraído
lenta-puta-madre-caballito-hermana-frascodecolonia
p i c o t a z o d e a b e j a
...
Sera es además una melodía dulce que se toca en ciertos entierros

Al mismo tiempo, al otro lado de la ciudad, Gustaff echará unos cuantos libros y discos en una mochila verde. La muchacha flaca también empacará en una vetusta maleta algunas de sus escasas pertenencias, luego colará un poco de café y un mutismo súbito se apoderará de ella. Su única certeza de cara al futuro será los cinco mil pesos ocultos en su brasier. Horas antes, Gustaff habrá empeñado su empolvado contrabajo; ese dinero también será su única esperanza para emprender su nueva huida del feudo de La Buela.

Camino a la terminal de Caribe Tours —cuyos empleados, a pesar del inminente paso del huracán, han asegurado orgullosos que sus autobuses continúan prestando el servicio normal, que para eso están, para transportar a sus clientes llueve, truene o ventee— Gustaff deseará que ese delgado cuerpo con el que ha gozado la noche anterior y que ahora camina a su lado, tome un rumbo distinto al que él seguirá. Y sus deseos se cumplirán. Al llegar a la estación de autobuses, la muchacha delgada le dirá que prefiere partir para Samaná, allí tiene unas primas que le ayudarán a irse en yola para Puerto Rico cuando el clima mejore. Él le deseará suerte. Las bocinas de la terminal avisarán a los pasajeros para La Vega, Santiago, Puerto Plata y Sosúa que deben abordar el autobús 415 en la salida siete. Se mirarán por fin a la cara, de día, a plena luz. Ella le dará un beso en los labios que él recibirá con la boca apretada. Él le tocará torpemente el pelo. Nunca volverán a verse. Al fondo, el televisor de la sala de espera transmitirá un nuevo boletín de noticias.

    Candela también mirará los informes. Lo hará desde la cama que compartirá con un tíguere, un cadete que le habrá suplicado que lo deje dormir un rato antes de regresar al cuartel. Ella pensará en el hombre muerto cuyo recuerdo todavía llevará adentro y por primera vez, contra todos los pronósticos, dejará dormir al muchacho a su lado. La noche anterior, durante un instante, pudo olvidarse de que el mundo se iba a acabar. Pero ahora volverá a tener conciencia del peligro que aún se cierne sobre la isla. En el noticiero pronosticarán vientos de hasta 120 kilómetros por hora, el radio de alcance del ojo del huracán será de 350 kilómetros, los vientos sostenidos se prolongarán durante varias horas, por lo que Candela se identificará con aquellos habitantes de los barrios, quienes, a pesar de la inminencia de la tragedia, no perderán su compostura: si el mundo se va a acabar, habrá que beberse la última cerveza, echar el último polvo y pasar al otro lado bien rendido.

    Esa tarde el Río Ozama no aguantará más y se rebosará. Arrasará con todo. Los inspectores de la Defensa Civil dejarán de contar el número de cadáveres cuando la cifra supere los setecientos y sean más de mil los desaparecidos, a los que sólo se podrá identificar días después, cuando el Mar Caribe los devuelva a las orillas de la isla, retribuyendo la ofrenda hecha por el Ozama, como lo ha hecho desde que la isla es isla.

El mar escupirá los cadáveres entre algas, botellas de plástico, zapatillas, gomas viejas y mucha basura. Los cuerpos lucirán hinchados, putrefactos, peinados, bendecidos por el agua salada, con los pulmones llenos de lodo. Los guardias no podrán hacerse de la vista gorda. Tendrán que recogerlos y registrarlos, aunque luego los echen a fosas comunes. Por un tiempo los damnificados se quedarán con los familiares que han corrido mejor suerte; y los noticieros nacionales e internacionales informarán desde el lugar de los hechos, reseñarán los dramas más desgarradores.

El sol saldrá después de la tormenta, y al tiempo que se reirá del desastre ocurrido durante su ausencia, secará las sábanas con olor a moho, los colchones enlodados, los muebles desvencijados, y calentará las planchas de zinc donadas por alguno de los «caritativos organismos internacionales de ayuda humanitaria» para que «los sucios, los piojosos, los crakeros, los chopos, los charlies, los nacos, la chusma, los cafres, los maricones, las troqueras, los bugarrones, los tígueres, los huelecemento, los merengueros y bachatuses, los jediondos, los comemierda, los que se inyectan, los que se roban el cable y la luz, los que no pagan el agua, los de los hospitalillos, los que se van en yola, los que regresan en vuelo comercial como deportados, los que de miedo se cagan frente a los cubículos de migración, los cueros, los chivatos, los viejos, los minusválidos, los locos, los guachimanes, los pesimistas, los alcohólicos, los sidosos, los arrimados, los hijos de su maldita madre, los zarrapastrosos» hagan sus injertos de lata vieja, cartón y madera de caja de arenque, al lado del mismo río sucio y baboso, que arrastrará lilas podridas, desechos, hombres, mujeres, mierda; un río que recorrerá las piedras y volverá a dividir la ciudad.

Una vez las aguas vuelvan a su cauce, el dolor de la pérdida será sustituido por otros domingos llenos de cervezas y bocinas en las esquinas con mucho Héctor Lavoe, mucho Gran Combo, mucho Aramis Camilo, mucho Toros Band, mucho Perico Ripiao, mucho amargue, mucho Cima Sabor Navideño, mucho José José, mucho Juan Gabriel y su invitado; y se beberá para olvidar lo pasado, cajas de ron a pico de botella, echando un trago al piso por los panas que ya no estarán. La vida deberá seguir a pesar de las penas, los sobrevivientes celebrarán con la excusa que ese es el deseo de sus familiares y amigos muertos desde el cielo de los ahogados.

El sol aparecerá como siempre todos los años por estas fechas, ahora un poco más cerca de los cráneos de los sobrevivientes.

La temporada de huracanes habrá terminado.

Esta segunda edición de *Candela* se terminó de imprimir en agosto de 2008, en Editora Búho, C. por A. Corrección de estilo: Mario Barrero Fajardo. Cuidado de la edición: Ruth Herrera.

SP
ANDUJ

Andujar, R. Emmanuel Rey
Emmanuel
Candela
Central World Lang CIRC -
1st fl
06/09

DISCARD